庫 36

大東亜戦争詩文集

新学社

装幀　友成　修
カバー画
パウル・クレー『バラバラに』一九三九年
個人蔵（スイス）
協力　日本パウル・クレー協会
河井寛次郎　作画

目次

大東亜戦争殉難遺詠集

大東亜戦争に殉難散華したまひし万霊に捧ぐ

序

「大東亜戦争殉難遺詠集」は、さきに「無名戦士遺詠抄」として上梓せられた、大東亜戦争殉難者の遺詠集を、さらに追補せられたものである、さきの遺詠抄の編輯は、昨昭和五十年初秋、大東亜戦争終戦三十年を期して上梓に着手せられた。

余はその集に序をよせ、この遺詠集の成立の因縁を述べ、これの編輯発行に協力せし、遺詠刊行会の高橋利一郎、木村芳明、東野茂の三氏の志行芳心に敬意を表した。しかるに、その遺歌集稿本が下板されつゝある間にも、この一挙を伝へ知った全国の既知未知の有志より、未だ世に知られざる珠玉の遺詠が続々と遺詠集刊行会に寄せられた。これを追加することは、既に出版の進行上不可能である。よって前集に刊行の趣旨を云ひ、順次続刊を期すとの方針を示した。

その間一年にして、追補の歌数は併せて五百余首に及んだ。これらを上梓するについては、前集の原本にこれを加へて、増補新版とし「大東亜戦争殉難遺詠集」としたのである。前集の誤りを正す目的もあったからである。

こゝに於て、前集の六百首、追加五百余首、併せて千百余首、即ち本歌集は、現在に於て、最も充実した内容の、大東亜戦争殉難者の遺詠歌集である、出づべくして初めて梓にのせられた、国家国民の書籍である。

前集が刊行会当事者の予期を越えて版を重ねたことは、国の正気を示し、これを聞く万人の力強く頼もしく感じたところである。遺詠に現はされた烈士の赤心が、三十年後、新旧の人々の心に、黙々としづかに深く、沁み入るさまを感じた、わが民族の千秋万歳にかけて、わが国人の心を振りたてることの証である。

この本は、声高にわめき叫んで世にひろめる本でなく、しづかに黙して人に手渡すべき本である。人がこれを手にうけて読み始め、感動に心うたれ、止む時のない本である。醇乎とした誠心が、絶対境で歌はれてゐるからである。文芸の巧拙の技は一時の流行のものにて、誠心絶対境の詩文は、永遠不易であるとの理を示すものである。戦後三十年、その間に於て、この集こそ、わが国の歴史を通じて最も尊い詩歌の本にて、また最もかなしいわが文学の書である。その日多くの若い兵士は、かくまでに烈しい志と、美しい心を歌ひあげてゐるのである。

その若者の心をかなしむわが国人の心は、永劫にこの国をかなしむ心である。彼らと相擁して、何を語るべきか、何をなすべきかと、我を忘れ、世界を忘れ、生死と時間を失ふ、この心が我が遠御祖の丈夫ぶりと称へ来った、かぐはしき明き心だったことを、泪を垂れて人は悟ることである。こゝに於て悠久の大義は、明らかに光輝まばゆい実体である。
大東亜戦争を戦ったわが若者たちは、勇敢な気性と、温健な教養をかねてゐたばかりか、繊細優美な感性に特にすぐれてゐたのである。この大東亜戦争殉難烈士遺詠集は、その事を教へ、教へられた者の心は千々に砕けるのである。

昭和五十一年九月廿三日

保田与重郎

例言

一、本書は大東亜戦争に関連して昭和十五年九月から同二十六年三月までに殉難された方々四九〇名（含氏名不詳五）の遺詠一、一三四首（含長歌四首・漢詩三編・詩四篇・俳句二）と若干の手記を収録したものである。

一、各集の構成は次の通りである。

イ、「桜花集」＝出身地が明らかな戦没者を地方別・府県別に、五十音に配列した。

ロ、「富嶽集」＝出身地が不明な戦没者を五十音順に配列した。

ハ、「松籟集」＝終戦および戦後の自決者・刑死者を地方別・府県別に、五十音順に配列した。

一、作者については簡単な紹介を添へた。紹介文中の地名は当時の呼称に従い、必要な場合には（　）内に現在の名称を添へた。

一、読みやすく、という方針からルビを比較的多くつけた。ルビのかなづかひは原典のかなづかひに準じた。

一、註記が必要な語句については、その語句が最初に出てくる個所で——紹介文中では（　）内に、作品中では行間に＊印を付し、作品の後に——註を加えた。

なお、作者紹介、註記等は可能な限り正確を記したつもりであるが、万一誤りある場合はご指摘下さらんことを。また「富嶽集」収録の戦没者の出身地をはじめ、不明の事項も多々あり、お心当たりの点についてはご一報くださらば幸甚に存じます。

桜花集——戦没者遺詠集

北海道地方

川尻　勉　昭和二十年七月十四日、回天特別攻撃隊（魚雷をほとんどそのまま利用した一人乗り用特殊潜航艇「回天」、通称〝人間魚雷〟による特攻隊）多聞隊として伊五三潜水艦に乗り込み、山口県大津島基地を出撃。同月二十九日、沖縄東方にて特殊潜航艇「回天」に搭乗発進し、敵輸送船団に突入、特攻戦死。享年十七歳。海軍一等飛行兵曹。海軍甲種飛行予科練習生第十三期。（北海道）

身は消えて姿この世に無けれども魂残りて撃ちてし止まん〔海軍特別攻撃隊の遺書・他〕

東北地方

小野　正明　昭和二十年五月二十七日、回天特別攻撃隊振武隊として沖縄海域にて特攻戦死。享年十九歳。海軍一等飛行兵曹。海軍甲種飛行予科練習生第十三期。

（青森県）

絶筆

戦友《とも》は征く我も又征く大君の御楯とならん生きて還らじ〔われ特攻に死す〕

敷島の大和桜と咲きにしをあたりて砕け潔く散りなむ〔あゝ予科練〕

山田　兵八　昭和十九年六月三十日、ニューギニアにて戦死。享年二十四歳。（青森県）

入営に際して（一首）

君のため捨つる命は惜しまねど心にかゝる峯のむら雲

丈夫の生きる道

うつそみはたとひいづくに朽ちぬとも永久《とは》に悲しき丈夫《ますらを》の道〔つるぎと歌〕

高久《たかく》　健一　昭和二十年三月十一日、神風特別攻撃隊菊水梓隊第二区隊長として鹿児島県鹿屋基地より長駆二五〇〇キロメートルを翔破し、中部太平洋ウルシー環礁内に在泊中の敵艦艇に突入、特攻戦死。享年二十二歳。海軍少尉。東北大学出身。（秋田県）

たらちねの心のままに梓弓今ぞ出撃夷艦砕かん〔殉国の教育者〕

今野　留十郎　昭和十八年五月二十九日、北太平洋アッツ島にて玉砕。陸軍上等兵。

（岩手県）

身はたとへ北氷の露と消ゆるとも大和桜の色は変らじ

氏家　運二　昭和十八年五月二十九日、北太平洋アッツ島にて玉砕。陸軍大尉。（岩手県）

悠久に生くる我身をのりこえてつゞけよ国の若きますらを

松野　常夫　比島・レイテ島・ブラウエンにて戦死。享年二十四歳。陸軍伍長。満洲開拓青年義勇隊出身。（岩手県）

懐しの日向を後に空行きて大和島根の桜と散らん（戦没農民兵士の手紙）

桜井　武　（宮城県）

夏五月濃藍燃ゆる南溟に爆装終つて吾れ征かんとす

還らざる身とは知れども髪をつみ衣服正して吾は征くなり

散り際に花を見る人惜しめども無心に果つる花吹雪かな

永遠に燃ゆる火なれや爆装機武士の鑑と史に残りて

中瀬　清久　昭和十九年十月二十五日、比島方面にて特攻戦死。享年十九歳。海軍特別攻撃隊第一神風若桜隊。海軍少尉。（宮城県）

海征《ゆ》かば水漬く屍と聞くものを空征く我は白雲と散る

柏木　誠一　昭和二十年四月六日、陸軍特別攻撃隊誠第三十七飛行隊の指揮官として沖縄残波岬南方にて、特攻戦死。享年二十六歳。陸軍大尉。早稲田大学出身。（山形県）

夜見の国は暗しと聞けり道連れに敵三千を引率れ行かん

渋谷　健一　昭和二十年六月十一日、陸軍特別攻撃隊第六十四振武隊として沖縄にて特攻戦死。陸軍大尉。（山形県）

わがあとにつゞかんものは数多し堅く信じて特攻は征く〔よろづよに〕

板橋　泰夫　昭和二十年八月九日、神風特別攻撃隊第四御楯隊として金華山東方洋上にて特攻戦死。享年二十一歳。海軍甲種飛行予科練習生第八期。（福島県）

敵見ゆと初電は入りぬ基地は今爆音天と地とに轟く

攻撃より帰りて

黄昏の影踏み集ふ食卓に伏せたる椀の多くあるかな

征く戦友を送る

焼きつくる翼に立ちて轟沈と破顔一笑戦友は征きたり

亡き数に入らせし戦友のみ名連ね正行のごと我も征かばや
おもかげはさやかに顕てり今は早や神鎮まれる戦友にしあれど

地上整備員

降り立てば故障ありやと飛び付ける整備科員に首下りぬ
ひむがしの空ほのぼのと白み来て夜間整備は今終れりと聞く〔徹宵せる整備員〕

陸戦隊

洞窟にしたたる水を水筒に今宵夜襲へ兵は出で立つ
軍艦旗はいづくぞと問ふ兵の深傷の声に起きて坐りぬ
今宵又敵の戦車に地雷抱き体当りせし兵のありしと

辞世

血汐もて茜と染むも悔ゆるまじ雲をねぐらの空の御楯は〔われ特攻に死す〕

妹川　芳夫　昭和二十年一月二十五日、鹿児島湾上空にて殉職。享年十九歳。海軍甲種飛行予科練習生第十一期。（福島県）

絶筆

吾も亦君を守らん春風に勇みて散らん大和桜と

皇国の為に死なん武士の行く道の辺の花はつむまじ〔われ特攻に死す〕

遠藤　益司　昭和二十年四月六日、神風特別攻撃隊第一神剣隊員として長崎県大村航空基地より出撃、沖縄方面にて特攻戦死。享年二十三歳。海軍飛行予備学生第十三期。日本大学出身。（福島県）

とても世に逢ひ見むことの難ければ夢こそ今は頼みなりけり

春されば祖国のさくらに魁《さきが》けて咲いて笑つて散る吾身かな〔雲ながる、果てに〕

大河内　秀敏　昭和二十年三月二十三日、比島リンガエン沖にて戦死。享年十九歳。高雄海軍航空隊。海軍甲種飛行予科練習生第十期。（福島県）

絶　筆

蛙なく春の末にもなりぬればいでや咲くらん山吹の花〔われ特攻に死す〕

小野塚　一江　昭和二十年三月十八日、神風特別攻撃隊菊水部隊彗星隊として沖縄海域にて特攻戦死。享年二十歳。海軍一等飛行兵曹。海軍甲種飛行予科練習生第十二期。（福島県）

大空に散ると決めにし我なれば今こそ征かん若桜なり〔われ特攻に死す〕

加藤　啓一　昭和二十年四月六日、神風特別攻撃隊第一正統隊として沖縄海域にて特攻

戦死。享年二十一歳。海軍上等飛行兵曹。海軍乙種飛行予科練習生。(福島県)

うぐひすも春風吹かば鳴くものをなぜに此の身は春を待てぬや
散りて行く我が身なりとは知りながら蝶ぞ恋しき春の夕空〔われ特攻に死す〕

片桐　一雄　昭和二十年五月十五日、沖縄県首里にて戦死。享年二十三歳。中央大学専門部出身。(福島県)

ひむがしの海面さしくる朝日影その豊日影国あらたなり
朝霜の道きはまりて捕はれし同志《とも》等偲ばゆこれの白梅
裏川のみづのひびきもしづかなり散りける同志《とも》を思ひゐる夜は
泣きつゝもをのゝきつゝも君が為使命《みこと》かしこみただにつとめむ
おほらかに静もり立たす神富士の底ひに燃ゆる荒御魂《あらみたま》はや〔つるぎと歌〕

片寄　従道　昭和二十年四月二十八日、神風特別攻撃隊第二正統隊として沖縄海域にて特攻戦死。享年十七歳。海軍一等飛行兵曹。海軍甲種飛行予科練習生第十一期。(福島県)

なすことのなくてすぎきしこの体今こそ散らん特攻の華

君のため散りてかひあるこの身なれ敵の空母を道づれにして〔われ特攻に死す〕

佐藤　直人　昭和十九年六月十九日、マリアナ海域にて戦死。享年十八歳。海軍第二六一航空隊（虎部隊）。海軍甲種飛行予科練習生第八期。（福島県）

辞　世

君がため捨つる命は惜しまねど後の世に伝ふ名こそ惜しけれ〔われ特攻に死す〕

菅野　繁蔵　昭和二十年六月二十六日、神風特別攻撃隊第五白菊隊として沖縄海域にて特攻戦死。享年二十二歳。海軍少尉。海軍乙種飛行予科練習生第十七期。（福島県）

父もなく母もなく唯国の為決戦の華と散るらん

出て征く今日の我が身をかへり見て大和乙女の微笑ぞ知る

撫子の清きを胸に抱きつゝ巨艦と砕けん大和心は〔われ特攻に死す〕

関根　滋　昭和二十年七月二十四日、戦艦「伊勢」に乗り組み、空襲下の広島県呉軍港にて戦死。享年二十二歳。（福島県）

こゝだくの生ける人みなすてがたきおのれすてずてゆきなやむかも

君のため大和男の子が桜田にきほひし日にぞふれる雪かも

国を思ひやまと男の子が桜田にきほひし日にもふれる淡雪

折にふれて

いたらざる足らざる多し一年の我が来し道をかへり見すれば

嚙みこなし嚙みてふくめてのたまひしかのみ言葉は忘らえぬかも

友は皆いで征きにけりきびしくも氷雨降りしく伊達の国原

ことさらにたのしかりけり草莽の道行く子らのまどゐする夜は

しぐれ来て紅葉ちりかふさ庭べに心の友を恋ひて居にけり

伏見　清四郎　昭和十九年十一月十三日、比島ラモン湾東方にて戦死。享年二十二歳。海軍第七六二航空隊。海軍上等飛行兵曹。海軍甲種飛行予科練習生第八期。（福島県）

今日酔ふも明日は御空の花と散る我子に不足ありや二親〔われ特攻に死す〕

真柄　嘉一　昭和二十年四月十四日、第四神風桜花特別攻撃隊神雷部隊桜花隊として喜界ヶ島南方にて特攻戦死。享年二十歳。海軍上等飛行兵曹。海軍甲種飛行予科練習生第九期。（福島県）

若桜国に嵐の吹く時は死なばや死なん大君の辺に

身はたとへ草葉の蔭の露なるも醜の御楯と散り行く我は

千万の御光うけしこの身をば今大君に捧げまつらん〔われ特攻に死す〕

松本　伝三郎　昭和二十年四月十七日、神風特別攻撃隊菊水部隊天桜隊として沖縄海域にて特攻戦死。享年十八歳。海軍甲種飛行予科練習生第十二期。（福島県）

親思ふ心にまさり報国の心は正に鉄よりかたし〔われ特攻に死す〕

三輪　四郎　昭和二十年四月十一日、神風特別攻撃隊第二御楯隊々員として、特攻前日試験飛行中、鹿児島湾上にて殉職。享年十八歳。甲種飛行予科練習生第十二期。海軍一等飛行兵曹。（福島県）

家族宛、前日の電報文

アスユク　クルナ　ワカレダトハノワカレ　サヨウナラ」シラウ　〔心中察するに余りあり——堅牢通信「日本の心」より〕

横山　侃昭　昭和二十年三月十一日、梓特別攻撃隊としてウルシー海にて特攻戦死。享年十七歳。海軍二等飛行兵曹。海軍甲種飛行予科練習生第十二期。（福島県）

辞　世

かへらじとかねて思へば梓弓天の壮挙に吾は征くらむ〔われ特攻に死す〕

関東地方

大塚　要　昭和二十年五月二十五日、陸軍特別攻撃隊第四三三振武隊として沖縄にて特攻戦死。享年二十四歳。陸軍大尉。功三級勲五等。中央大学法学部、学徒出陣。陸軍特別操縦見習士官。（茨城県）

ちはや振る神の皇国を護りなむ仇なす敵に我が身うたせて
たらちねは我が日頃を思ふらむ君に忠なる武士になれよと
一すぢにただ一すぢに大君の醜の御楯と散るぞうれしき
あさみどりの清く澄みたり大八洲よせくる夷の仇艦沈めて
ふるさとの鎮守の森でむらひとにのべし決意を我は忘れじ
我が写真見て嘆くより日本の母と雄々しく生きてあれかし
永からん生命なれども君のためむだに死せずと今をよろこぶ
海原に敵をもとめて我征かむ明日を思ひて今静かなり
破邪の劔心静かに抜くときに我に仇する敵のほふらる

初陣を明日に迎へて我楽し仇艦くだきて華とちらむぞ〔よろづよに〕

佐竹　義幸　昭和十九年六月十七日、インパール作戦に従軍の後、インド方面モーレにて戦死。享年二十六歳。国学院大学出身。（茨城県）

鳥が鳴く東の国の大丈夫《ますらを》はただ大君のためにぞ死なむ
ますらをが醜の奴を討たむとぞ誓ひし操なに撓《たわ》むべき〔つるぎと歌〕

篠崎　福四郎　昭和十九年十二月七日、神風特別攻撃隊千早隊として、比島・オルモック湾の敵艦艇に突入、特攻戦死。享年十九歳。海軍上等飛行兵曹。海軍甲種飛行予科練習生第十六期。（茨城県）

散る桜残る桜も散る桜けふも南に神風ぞ吹く〔われ特攻に死す〕

関口　洋　昭和二十年五月十四日、神風特別攻撃隊第七御楯隊第一次流星隊として種ヶ島東方にて特攻戦死。海軍上等飛行兵曹。（茨城県）

国の為散るひとひらは惜しまねどあだには散らじ大和魂

松田　光雄　昭和二十年四月二十七日、回天特別攻撃隊天武隊として、沖縄海域にて敵艦船に突入、特攻戦死。海軍二等飛行兵曹。海軍甲種飛行予科練習生第十三期。古河商業出身。（茨城県）

身はたとへ米鬼とともに沈むとも笑顔で帰らむ母の夢路に〔海軍特別攻撃隊の遺書・他〕

弓野　弦　昭和十八年三月八日、駆逐艦「峯雲」の砲術手としてソロモン海域にて戦死。
享年十九歳。海軍水兵長。海軍砲術学校出身。（茨城県）

武　士　二首

ものゝふは玉も黄金も惜しからず命にかへて名こそ惜しけれ

をしまれて花と散る身はいさぎよしかはらとゝもに世にあらんより

新兵修業

いざや〱行かん進まん一すぢに我行く道はものゝふの道

波高き大海原に技を練りかへる船路に夕ばえの不二

山をおほひ咲けるつゝじの一所《ひとところ》岩山の上に松の群立ち

母

熱みると我がぬかの上に手をおきし土あれのみ手肥《こひ》のにほひす

身はたとへ千尋《ちひろ》の海に散り果つも九段の杜《もり》にさくぞ嬉しき

幸保　栄治　昭和十九年十一月十五日、陸軍富嶽特別攻撃隊として、比島ミンドロ島に
特攻戦死。享年二十五歳。陸軍少尉。（茨城県）

出で立てば還らざりしと知りつゝも已むに止まれぬ大和魂

荒木　幸雄　昭和二十年五月二十七日、陸軍特別攻撃隊第七十二振武隊として沖縄周辺に特攻戦死。陸軍少尉。少年飛行兵第十五期。（群馬県）

君のため世のため何か惜しからん空染む屍と散りて甲斐あり

淡路　義二　海軍二等飛行兵曹。（群馬県）

聖戦のみことかしこみうけてよりあゝ待ちたるぞ今日の出撃

岩佐　直治　昭和十六年十二月八日、ハワイ真珠湾に突入、戦死。享年二十七歳。海軍中佐。海軍兵学校第六十五期。（群馬県）

身はたとへ異郷の海にはつるとも護らでやまじ大和皇国《みくに》を

一服の薄茶に心静めてし雄々しく征《ゆ》けりますらたけをは〔海の軍神、特別攻撃隊〕

小川　清　早稲田大学出身。（群馬県）

緑萌ゆすめらみくにことづけて吾は今征く心静かに

日の本の男の子をみよや焔なす鉄火となりて体当りせん

熊井　常郎　昭和二十年四月二十八日、南西諸島方面にて特攻戦死。海軍大尉。慶応義塾大学出身。（群馬県）

新しき光に生きんをさな子の幸《さち》を祈りて我は散らなむ

中島　昭二　神風十二航戦二座水偵隊。沖縄周辺にて特攻戦死。享年十八歳。海軍少尉。（群馬県）

散る花の二度と咲くとは思はねどせめて残さん花の香りを

長谷川　喜市　昭和二十年四月六日、沖縄周辺にて戦死。海軍二等飛行兵曹。（群馬県）

白妙の不二のたかねの見ゆるかな昔かはらぬ大和魂

浅見　育三　昭和二十年四月十六日、神風特別攻撃隊第三八幡隊として沖縄方面にて特攻戦死。享年十九歳。海軍二等飛行兵曹。（埼玉県）

大君の御楯となりて空を征き撃ち滅さん敵の艦かな

牛久保　博一　昭和二十年四月十六日、南九州方面にて戦死。海軍中尉。海軍飛行予備学生第十三期。東京歯科大学出身。（埼玉県）

大君の醜の御楯と身をなさば雲染む屍何か惜まん

何時よりか心に秘めし真心を桜花となりて我は散りゆく〔神雷特別攻撃隊〕

川田　勝太郎　昭和十六年十二月十日、馬来方面にて戦死。享年二十九歳。海軍少尉。第二十七期操縦練習生。（埼玉県）

わが散りゆくところ大空は武士《もののふ》の死のいとたかき死処《くに》
身はたとひおそふ嵐に散れりともやがて又咲く靖国の春

久住　宏　昭和二十年一月十二日、パラオ諸島コッソル水道にて特殊潜航艇「回天」に搭乗発進して特攻戦死。享年二十二歳。回天特別攻撃隊金剛隊。海軍中尉。海軍兵学校出身。（埼玉県）

もろもろのまどひは断たん君がため南溟ふかく濤《なみ》分くる身は
生死《いきしに》のさかひをこえしますらをが必殺の魚雷いまぞ抱きゆく
命よりなほ断ちがたきますらをの名をも水泡といまはすてゆく〔海軍特別攻撃隊の遺書〕

【両親宛遺書より】

一塊の肉弾幸に敵艦を斃すを得ば先立つ罪は許されたく、此の挙もとより使命の重大なる、比するに類なく単なる一壮挙には決して無之、生死を超えて固く成功を期し居り候。

願はくば君が代守る無名の防人として南溟の海深く安らかに眠り度く存じ居り候。

佐藤　貞志　昭和二十年六月二十二日、第十神風桜花特別攻撃隊神雷部隊桜花隊として沖縄海域に特攻戦死。享年十八歳。海軍一等飛行兵曹。海軍甲種飛行予科練習生第十二期。（埼玉県）

おくれじと咲きて散りなむ大空にみくにを護る我若桜

かずかずの思ひをのこし若き身の国の守りに今日ぞいで立つ〔われ特攻に死す〕

長島　義茂　昭和二十年四月六日、沖縄周辺にて特攻戦死。享年二十歳。海軍少尉。海軍甲種予科練習生第十二期。（埼玉県）

散る日迄静けく薫れ敷島に雄々しく咲きしますらをの花

吉野　時二郎　昭和十九年十一月十八日、比島にて戦死。享年二十二歳。陸軍少尉。（埼玉県）

一度は雲染む屍と散りぬれど七度生れ敵に向はん

苦も楽も共に分け合ひ助け合ひ仲良く暮せ兄姉五人

木村　義任　昭和二十年五月十七日、陸軍特別攻撃隊飛行第六十六戦隊として沖縄周辺に特攻戦死。享年二十二歳。陸軍曹長。宇都宮陸軍飛行学校少年飛行兵第十二期。（栃木県）

両親の写し姿を胸にして我は散りなん太平洋に

轟沈の二字を刻みてますらをは醜翼はらむ船に砕けん

忠義をば任務と結びて母生みし我なほつかへん大君の辺に

人々は人の人見て人笑ふ人の笑は人ぞ笑はん

（吾羽衣特攻隊ニ加ハリ玉ト砕ケン）

ふるさとの山に向ひて言ふ事はなし身を羽衣とな志て砕けん

今日の戦の空に身を挺すいやしき身こそ捨つるときなれ

今日も又戦友の功し伝へきく俺は如何にと涙溢れて

みづからを顧みる日をその心は神と等しき真の人なり

数ならぬ身をいつまでか持するべき聖の弾丸となりて砕けん〔よろづよに〕

熊倉　高敬《たかよし》　昭和二十年四月十四日、神風特別攻撃隊第二筑波隊として南西諸島方面にて特攻戦死。享年二十五歳。海軍少佐。専修大学出身。（栃木県）

君が代は松の上葉におく露のつもりて四方の海となるまで

天皇の御楯となりて死なむ身の心は常に楽しくありけり

大君の御楯となりて捨つる身と思へば軽き我が命かな

杉山　喜一郎　昭和二十年一月二十一日、神風新高隊沖縄方面にて特攻戦死。享年二十二歳。海軍少尉。海軍乙種予科練習生第十七期。（栃木県）

君の為砕けて散りし後迄も父母の御恩は忘れざりけれ
折にふれ時にあたりて思ふかな老いゆく父母はいかにあるかと

辞　世

尽忠の誠いだきて真しぐら散つて悔なき大和魂

那須　弓雄　昭和十七年十月二十三日、南太平洋ガダルカナル島ルンガ飛行場攻撃の際、左翼隊長として突入、戦死。陸軍少将。（栃木県）

男子我れ防人《さきもり》となる甲斐ぞある東半球の果てに死ぬれば

増渕　松男　昭和二十年五月二十五日、陸軍特別攻撃隊第四三二振武隊として沖縄に特攻戦死。享年二十二歳。陸軍少尉。栃木県立宇都宮高等工業学校出身。（栃木県）

父母に最後と思ふ此の便り我れに書くことも無し唯御元気で
君が為何か惜しまむ我が命大義に生きる我ぞうれしや
誠心をこめし乙女の酒盛に我は報いん一艦轟沈
君が為散るぞ雄々しく花吹雪当つて砕け咲いて薫らん
につこりと笑つて行かん靖国へこの身は晴の特攻隊〔よろづよに〕

大和　昭吾　昭和二十年二月二十五日、第十二震洋特別攻撃隊として、比島コレヒドール海域にて特攻戦死。享年十七歳。海軍乙種飛行予科練習生第二十期。（栃木県）

若き身に尊き任務頂きて散りにしときぞ心安けれ　〔われ特攻に死す〕

青木　英俊　昭和二十年四月十二日、陸軍特別攻撃隊第百参振武隊として沖縄周辺に特攻戦死。享年二十一歳。陸軍少尉。（東京都）

大君の醜の御楯と若桜雲染む屍我は征くなり

新井　一夫　昭和二十年五月二十七日、陸軍特別攻撃隊振武第七二隊として特攻戦死。享年二十二歳。陸軍少尉。東京都立第二商業学校出身。（東京都）

君が為花と散る身の悦びを胸に抱いて我は征くなり
外海に宝のせくる波に背を負ひて砕かん此の身は楽しくもあれ
しづたまき数ならぬ身に秋来る四方に咲かさん若桜花
積みかさぬ不孝の此の身けふこそは嵐に散りてひた詫びるらむ
短剣*の兄におくれじ我は征く空母むれなす沖縄の島　〔よろづよに〕

*海軍士官を指す。当時の海軍士官は制服に短剣を佩用。

池田　一郎　昭和十九年十月二十六日、比島タクロバンにて戦死。享年二十二歳。陸軍大尉。陸軍航空士官学校出身。（東京都）

空征かば雲染む屍丈夫の君に捧げし生命なりせば

永久に我生きぬべし雲の上若き生命を君に捧げて

内河　多一郎　昭和二十年九月十二日、北部支那・太原にて戦病死。享年二十一歳。（東京都）

われこそは支那をばまもる防人《さきもり》ぞみのつたなさはうちもわすれて

ぬばたまの夜道をさむみなくむしのかなしみおもふそのかなしみを〔つるぎと歌〕

右の二首、弟泰司への葉書（昭和二十年四、五月）より

乙津　和市　昭和二十年五月、神風特攻第十二航空戦隊二座水偵隊、沖縄方面にて特攻戦死。大東文化学院出身。海軍少尉。（東京都）

椰子茂る小島に散りしともがらの御魂《み》は永久に太洋《くに》を護らむ

伊勢の海の磯辺に近く兄鷲をかこみて今日は大和歌詠む〔堅牢通信「日本の心」より〕

蛙田　八郎　昭和二十年四月十二日、神風特別攻撃隊神雷部隊桜花建武隊として、沖縄周辺に特攻戦死。享年十九歳。海軍乙種飛行予科練習生第十七期。（東京都）

嵐吹く庭に咲いたる桜花何か惜しまんただ君の為
ひたすらに空母めがけて驀ら我は行くなり醜の御楯と〔われ特攻に死す〕

久保寺　武志　昭和十九年十月十一日、硫黄島にて戦病死。享年二十二歳。（東京都）

泡沫なす身とは知りつゝ秋月のさやけき時は君をしのばゆ
思ほへば悲しきものを我がいのちよし爆《は》ぜむとも母よなげきそ
たゞ一首詠みて死なまし敷島の誠の道にたがはざる歌
真乙女が雄心こめて活けしてふ花なるかもよこの白菊は
白玉の真奈児は遣りて顧みぬやまとの母は悲しからずや
しづたまき数ならぬ身も大君の御国の花と散るはうれしき
沖つ波よする水泡のときのまもやまずに思ふ国憂ひかも〔つるぎと歌〕

小城　亜細亜　昭和二十年八月十三日、神風特別攻撃隊第四御楯隊として本州東方海上にて特攻戦死。享年二十二歳。海軍中尉。立教大学出身。（東京都）

きみ想ふこころは常にかはらねどすべてをすてて大空に散らむ
ただ征かん生命を受けて二十年晴れて空への御召しありせば

大空の征覇を夢みる武夫《もののふ》に夢ならぬ身の今日は来にけり
敵近し太平洋の波荒れて胸は高鳴る決戦の空へ〔雲ながる丶果てに〕

桜井　光治　昭和二十年四月十二日、神風特別攻撃隊神雷部隊桜花建武隊として、沖縄周辺に特攻戦死。享年十八歳。海軍乙種飛行予科練習生第十八期。（東京都）

咲けば散る蕾と吾は知りつつも咲かでややまん皇御国に
七八度君が為にと生れ来て尽すは吾の務めなりけり〔われ特攻に死す〕

柴田　禎男　昭和十九年十一月十三日、陸軍富嶽特別攻撃隊として、比島レイテ湾に特攻戦死。享年二十一歳。陸軍大尉。陸軍士官学校第五十七期。（東京都）

君が代のやすらかなりせば鄙に住み身は花守りとなりけむものを

篠崎　実　昭和二十年四月十二日、神風特別攻撃隊神雷部隊第二建武隊として沖縄にて特攻戦死。海軍一等飛行兵曹。海軍乙種予科練習生第十七期。（東京都）

桜花君安かれと祈りつ丶心待ちたる今日の門出を〔神雷特別攻撃隊〕

田中　正二　昭和二十年一月二十七日、輸送船と共に揚子江底に没する。享年二十一歳。（東京都）

夕空に輝く雲はふるさとの岩間の水にたゞよひて居む

敷島の道に祈りしちちのみの遺言思へばここだかなしも
鈴の音の清きひびきに絶ゆるなき五十鈴の川の川の音を聴く
遥けくも送られて来し鈴の音に五十鈴の川の川の音を聴く
山峡に湧き立つ雲のたえ間よりはるかに見ゆる谷合の村
日の本の民のほこりも知らずして巷に人のむれて迷ふも〔つるぎと歌〕

田中　清次（東京都）　昭和二十年四月。沖縄にて戦死。享年二十四歳。早稲田大学専門部出身。

師が宣《の》らすしづけき御声の畏《かし》さにひたにぞ泣かむ泣くべくありけり
風の音《と》の遠のみかどのますらをのかなしき道統《みち》をしぬびまつるも
拙なきは拙なきまゝに御幣《みてぐら》を斎《いは》ひ祭りて歌はむ吾は〔つるぎと歌〕

田中　正喜（東京都）　昭和二十年五月二十八日、神風特別攻撃隊徳島第二白菊隊として南西諸島にて特攻戦死。享年二十二歳。海軍第十三期飛行予備学生。中央大学出身。

君がため御楯となりてこの命捨つべき秋《とき》の来るうれしさ〔雲ながるゝ果てに〕

千浦　徹郎　昭和二十年八月十七日、終戦の詔勅が下されたその翌々日、富山の航空基

地を飛び立つて遂に還らず。享年二十四歳。陸軍少尉。慶応大学出身。（東京都）

勅《みこと》なれど大和男の子のま心はやむにやまれず今日の門出に

中島　正俊　昭和十九年十月二十七日、駆逐艦「不知火」の航海長兼分隊長として比島方面にて作戦中戦死。享年二十三歳。海軍大尉。（東京都）

秋《とき》来らば御楯となりて散らむ身はまごころをもて鍛へざらめや

男子やも空しかるべき取り佩《は》ける太刀の光のいやかがやかに

馬場　充貴《みつたか》　昭和二十年三月二十一日、仏印ナトナン沖にて戦死。享年二十四歳。海軍少尉。東京帝国大学法学部出身。（東京都）

武山海兵団にて

唯一葉端書に何はあらねども我読み〳〵ぬ母の手なれば

賜暇帰省の折に

一年もなかりしがごと母と二人炬燵に向ひ熱き茶を飲む

母の希ひ

食もなく衣寒くも唯一日母子集ひて語らむをのみ〔きけわだつみのこえ〕

平林　勇作　海軍少尉。（東京都）

皇国に春を誘ふ沖縄に雲染む屍と散らん此の時

森本　和次　昭和十九年十月九日、横浜市戸塚、犬山にて殉職。享年二十三歳。海軍大尉。海軍兵学校第七十一期、第四十期飛行学生。（東京都）

人知れず奥山に咲く若桜散りゆく花も山桜花

山川　芳男　昭和二十年五月十一日、神風特別攻撃隊第九銀河隊として南西諸島に特攻戦死。享年二十一歳。海軍大尉。海軍飛行予備学生第十三期。中央大学出身。（東京都）

高千穂も見えなくなりて今は唯敵空母にぞ必中を祈るらん

愛機征く緑の聖地後にして神州護る若桜花

山田　恵太郎　（東京都）

吾が青春を国に捧げし丈夫も人の子故情知るなり

吉沢　久興　昭和二十年四月七日、神風特別攻撃隊第三御楯隊銀河隊として、沖縄海域に特攻戦死。享年十八歳。海軍特乙飛行予科練習生第一期。（東京都）

山桜散り行く時に散らざれば散り行く時はすでに去り行く〔われ特攻に死す〕

鷲尾　克巳　昭和二十年五月十一日朝、陸軍特別攻撃隊員として鹿児島県知覧基地より出撃、沖縄本島嘉手納湾上空にて特攻戦死。陸軍少尉。第一高等学校出身。（東京都）

母との別れに

告げもせで帰る戎衣のわが肩にもろ手をかけて笑ます母かも

青木　三郎　昭和二十年七月十三日、鳥取県米子方面にて殉職。享年二十三歳。海軍飛行予備学生第十三期。横浜専門学校出身。（神奈川県）

つかれたる母がたふときみからだにわれしらずしてけふまで育つ〔雲ながるゝ果てに〕

加藤　一三　昭和二十年一月二十七日、中部支那・湖口にて戦死。享年二十二歳。（神奈川県）

さやさやと御濠の水面かぜ吹きて立つ小波もゆゝしと思ひき

八束穂の垂り穂の稲に通ひますわが大君のみいのち思ふも

五・一事件記念日に

賊の名を身に受くるとも丈夫が恋闕のおもひ消え果つべしや

起ちにける伴の志《こころ》を偲びつゝ寂しき酒と夕べ思ひき

さや〳〵と村雲祓《はら》ひ今日の日を高天原と仰ぎまつらね

劔太刀腰に取りはき阿夫利山*吾が踏み来れば雪しとゞなり〔つるぎと歌〕

*神奈川県丹沢山塊にある大山（一二五三メートル）の別名。雨降山ともいふ。頂上の大山阿夫利山神社は雨乞の神。

斉藤　俊明　昭和十八年五月二十九日、北太平洋アッツ島にて玉砕。陸軍少尉。（神奈川県）

殉忠の二字より外にあらざらむ君がみたてといでたちしより

鈴木　保次　昭和十九年五月二十七日、ビルマアッサム州コヒマにて戦死。享年二十四歳。陸軍少尉。明治大学出身。（神奈川県）

身延線車中にて

汽車ははや甲斐山峡をひたはしる大きわかれのこゝろたへたり〔きけわだつみのこえ〕

横尾　一　昭和十九年十月二十七日、海軍第九〇一航空隊として、比島マニラ東方にて戦死。享年二十三歳。海軍中尉。海軍兵学校第七十一期。第三十九期飛行学生。（神奈川県）

火の玉となりて墜ち行く部下の機を夢にみ覚めて涙あふれぬ

米川　稔　昭和十九年九月十五日、ニューギニア島ウエワク付近ブーツ海岸の密林中にて病衰のため行軍不能となり、自決する。享年四十八歳。陸軍軍医少尉。
（神奈川県）

赤道を南に超えてことごとく身にあたらしき花鳥に遇ふも
かく清くわがいのちありいづれの日いかならむ日ともゆかしめたまへ
前原　喜雄（千葉県）

貴様らのくるまで敵の反攻を喰ひとめるぞと隊長は征く
天翔り空翔りつゝ母上の御霊は君を護り給はむ（中村泰男学生の母、物故。彼に与ふ。）
小山　耕三　昭和二十年四月六日、神風攻撃隊菊水部隊天桜隊として沖縄海域にて特攻戦死。享年二十二歳。大阪歯科医専。海軍少尉。（千葉県）

神機来ぬ、太刀とり勇む雄心を胸に抱きて花と続かむ
一億の誠を負ひて鵬《おほとり》が撃ちて砕かむ敵の大艦
さきがけし花に続かむ御楯我言の葉もなし朝のみ空に〔堅牢通信「日本の心」〕

中部地方

飯島　晃史　海軍第二御楯特別攻撃隊。（山梨県）

海征かば水漬く屍空征かば雲染む屍大君の御盾となりて我は散るなり

佐藤　忠　昭和二十年四月十四日、神風特別攻撃隊神雷部隊桜花隊として喜界ヶ島南方にて特攻戦死。享年十九歳。海軍二等飛行兵曹。海軍乙種飛行予科練習生第十八期。（山梨県）

天地の神に誓ひて大君の醜の御楯と我は征で行く〔われ特攻に死す〕

志村　雄作　昭和二十年二月二十一日、小笠原方面にて特攻戦死。享年二十二歳。海軍少尉。海軍乙種予科練習生第十五期。（山梨県）

幾度の戦さを経れど散る時は御国を守るわれ御楯なり

三井　伝昌　昭和二十年四月六日、神風護皇白鷺隊。沖縄周辺にて特攻戦死。享年二十一歳。海軍少尉。第十二期甲種予科練。海軍少尉。（山梨県）

大君に尽すに道は数あれど何にたとへん今日の嬉しさ

ひそかなる心にあれど尽忠の赤き心は神や知るらん

若林 東一　昭和十八年一月十四日、南太平洋ガダルカナル島にて戦死。享年三十歳。陸軍大尉。陸軍士官学校第五十二期。（山梨県）

我が兵の疲るゝことを知りつれど警戒せずば今宵あやふし
老准尉の兵は疲ると言ふを押さへ我は命じぬ分哨ふたつ
夜もすがら穴居ふるはせ空赤しツラギ*の沖に海戦やある
たたかひに疲れ果てたる青ざめし兵の寝顔ををろがみて通る〔栄光よ永遠に〕

＊ツラギ島。ソロモン諸島中の一小島。

伊藤 正一（新潟県）

世の中に生るも死ぬも一つなりかたきにつかんますらをのみち

高橋 安吉　昭和十九年十二月二十八日、比島方面にて特攻戦死。享年二十二歳。海軍少尉。（新潟県）

大空に散って行く身の若桜み楯となりて永久に護らん
大空に国の鎮めと散りゆかん大和男子の八重の桜と

林 俊夫　昭和十八年五月二十九日、北太平洋アッツ島にて玉砕。陸軍大尉。（新潟県）

短きを何か惜しまむ国のため大君のため捨つる命を
広瀬　静　昭和十九年十二月七日、第三神風特別攻撃隊第五桜井隊として比島・レイテ島沖にて特攻戦死。享年十九歳。海軍飛行兵長。海軍乙種飛行練習生第一期。（新潟県）

美しき花の春をも待ち得ずに母はなぜ世逝りけるかも〔海軍特別攻撃隊遺書より〕
広田　幸宣　昭和十九年十月三十日、神風特別攻撃隊葉桜隊、比島方面にて特攻戦死。享年二十一歳。（新潟県）

国の為征く身なりとは知りながら故郷にて祈る父母ぞ恋しき
寝つかれぬ儘に幕舎をうちいでて仰ぐ今宵の月ぞ清けき
冷え冷えと渡る夜風に夢醒めて寝られぬ儘に思ふ故里
山田　二郎　昭和二十年三月十七日、硫黄島にて戦死。享年二十四歳。（新潟県）

年越せば七十六になると言ふ祖母が便りに涙落ちたり
弟へ
今年又君が御為と祖母の為心尽せとたゞ祈るかな〔つるぎと歌〕
山本　五十六　昭和十八年四月十八日、南太平洋ソロモン諸島ブーゲンビル島にて戦死。

享年六十歳。連合艦隊司令長官。海軍大将。（新潟県）

大君の御楯とたえず思ふ身は名をも命も惜しまざらなむ
くにを負ひてい向ふきはみ千万のいくさなれども言あげはせじ

右の一首、大東亜戦争開戦直前の作。

さき匂ふ花の中にもひときはにかをりぞたかき華の益良雄

右の一首、中部支那で戦死された南郷少佐をしのばれた作。

益良雄のゆくとふ道をゆききはめわが若人らつひにかへらず
比ひなき勲をたてし若人は永久《とは》にかへらずわが胸痛む

右の二首、真珠湾特別攻撃隊の若人たちを讃へられた作。

かねてより思ひ定めし道なれど火の艦橋に君登りゆく
燃えくるふ炎を浴みて艦橋に立ち尽くせしかわが提督は
海の子の雄々しく踏みて来にし道君立ちつくし神上りましぬ

右の三首、昭和十七年六月、東太平洋海戦のとき、山口多聞提督の戦死を讃へられた作。

かへり来ぬ空の愛子《まなご》の幾人かけふも敵艦に体当りせし

右の一首、昭和十七年十月二十六日、南太平洋海戦の行なはれた夜の作。

大海原見渡すきはみ影もなし昨日ひと日に仇を払ひて

右の一首、南太平洋海戦の翌日の作。

指折りてうち数ふれば亡き友のかぞへ難くもなりにけるかな

天皇《すめろぎ》のみ楯とちかふま心はとどめおかまし命死ぬとも〔日本海軍英傑伝・他〕

右の二首、昭和十八年四月、最後の作。

村川　弘　昭和二十年二月二十一日、神風特別攻撃隊第二御楯隊指揮官として硫黄島周辺の敵機動部隊に突入、特攻戦死。海軍大尉。（新潟県）

いにしへの防人《さきもり》たちのゆきしてふ道を尋ねてわれは征でゆく

母上の御手の霜焼いかならんと見上る空に春の動けり

山口　清三郎　昭和二十年六月二十六日、神風徳島第五白菊隊、南西諸島方面にて戦死、享年二十四歳。海軍二等飛行兵曹。海軍丙種予科練習生第十七期。（新潟県）

神風や嵐を越えて靖国の神苑《かんぞの》に咲く白菊の花

横堀　謹一　昭和二十年五月四日、マレー半島沖にて戦死。享年三十歳。（新潟県）

国乱るやつこ斬らむと祈りしが誠足らずて捕はれにけり

狭霧こむる銀山平*の真清水に血潮染めけむいにしへ思ほゆ

＊新潟県北魚沼郡銀山湖（奥只見湖）畔の地。

桃山御陵*（二首）

春寒き大きみさゝぎにもろふしてたゞに死なむと男の子ら誓ふ

＊京都市伏見区にある明治天皇・昭憲皇太后の御陵。

はるばると旅に来つれば秋深み野比の山路に雁鳴きわたる

野比山に雁鳴きゆけば遥かにも故郷《ふるさと》の母思ほゆるかも

二月事件（二首）

大君のまけのまにまにますらをは淡雪の如散りにけるはや

板戸うつあられ聴きつゝ夜の更《くだ》ちひそかに太刀を把りて目守《まも》るも

伊勢神宮に攘夷祈願の行幸ありければ

天皇《すめろぎ》の憂きみ心を安めずて国の子我や悲しかりける〔つるぎと歌〕

千石　卉然　昭和十九年十二月二十七日、学徒動員で日本海ドックに勤務中、事故死。
享年二十歳。（富山県）

ひむがしの神のみ山の立山に静かに照らふおぼろ月かも

荒魂の岩を削りし御劔の月かげ映ゆる其の姿はも

湊川神社に参る

菊水の永久の流れを思ひつゝたゞに畏くをろがみにけり

病を得て故郷にかへる

大いなる悲しみに耐へ国の子は神のまにまに生きむとぞ思ふ

十月十日、入営証書を受く

大命《おほみこと》今ぞ下れりたぎちくる我が胸の血はゆるぎ止まずも〔つるぎと歌〕

高田　一雄　神風特別攻撃隊琴平隊、海軍二等飛行兵曹。（富山県）

十億万人に拾億のは、あれど我が母に勝るは、あらめやも

高田　豊志　昭和二十年五月十三日、飛行第二十戦隊陸軍伍長として、友軍機と共に、
台湾宜蘭基地を出発、沖縄本島西海岸の米艦船群に特攻戦死。享年十九歳。
陸軍少尉。第十三期少年飛行兵出身。（富山県）

「うたにっき」*より

父母の無事に居ますといふ便り再び仕へむ時はなけれど
しと〳〵と夢のごとふる春雨に今年ばかりの蛙《かはづ》きくかな
便り出す時し偲ばゆ古里の母たそがれて仕事終へしか
聴えくる夜の列車の音聞けば浮び来るなり母の面影
秩父山霧のかなたに包まれり春来れるや蝶の影さす
しきしまの美《うま》しみ国を今更に我はおぼえぬとつ国に来て〔朝鮮一〇三部隊〕
あはれにも雀巣つくる白壁の弾丸《たま》跡しるき激戦のあと
椰子の葉にかゝれる月の影淡く郷里をしのぶつはものの群
菊の日のかをり豊かに出でゆきし還るを期さぬ特攻隊員
すめろぎの空の御楯と十あまり八つにて散りし友ぞ尊き
征《い》でゆかば必ず死なむさだめなるに笑ひて征《ゆ》きし友の面影
笑顔をばこの世に残しレイテ島の空に散りにし友恋しかり
七たびと誓ひて散りしわが友の心は咲かむ靖国の庭

征く身こそ送る身よりも嬉しけれ大和をのこの習ひなりせば
秋さりて残る枯葉もそのうちに落葉とはてむ時は来にけり
み民われ此のみいくさに空ゆかば金鵄となりて国を守らむ
一日生きば一日を君の大み為つくしまつらむもののふの道
もののふの道にしあれば一念は七代《よ》かふとも何撓《たわ》むべき
君が代はつきじと思ふ神風のむら雲なべて払ふ限りは
しきしまの国の鎮めとゆるぎなき富士の高嶺ぞ雄々しかりけり
万づ代の国のしづめの富士の嶺を仰ぎまつるもあと幾ばくぞ
末の世の末の末まで栄えなむ国のしるしの富士の白雪
夕風に心清めて祈るかな永久《とは》に幸あれ敷島の国
敷島の大和心を一比《ひと》らに凝《こ》めて散り行く若桜花

＊戦死の公報が届いたのは、昭和二十一年一月二十四日、遺骨の箱の中に少尉の「うたにっき」が収められてゐた。「うたにっき」といふのは、彼が昭和十八年の三月から、二十年の四月まで、毎日和歌をのこすことを志し、それを実行したものである。その数、和歌七八三、俳句十七、文九、冒頭には

記

一、一日一首とし、修養の資とす。二、之を以て遺集とす。（中略）

右は、歌集「若鷲の賦」――高田豊志遺詠集「まえがき」より収録す。

根尾　久男

昭和二十年三月十一日、神風特別攻撃隊菊水梓隊第八区隊長として鹿児島県鹿屋基地より長駆二五〇〇キロメートルを翔破し、中部太平洋ウルシー環礁内に在泊の敵艦艇に突入、特攻戦死。享年二十六歳。海軍少佐。功五級。早稲田大学出身。（富山県）

吹く毎に散りて行くらむ桜花積りつもりて国は動かじ

攻め寄する夷《えびす》が伴を撃ち砕き吾は咲きなん大和桜と

敷島の錦の御旗仰ぎつゝ醜の男われ《を》は空征かんとす

ゆく春のけさ咲きそめし紅の山茶花みれば悲しきろかも

辞　世（三月十一日朝）　奉父上

醜の男の久男も今はい征くなり命《みこと》のまゝに只征かんとす

大君の勅《みこと》かしこむ武夫《もののふ》はあだし空母に砕け散るべし〔つるぎと歌〕

【感想録より】

幸にして久男、御楯として忠死致す秋《とき》あらば、その折こそ「久男は意に叶へり」とお喜び下さい。神前に御燈明を点してお祝ひ下さい。

野村　龍三　昭和二十年四月二十八日、神風特別攻撃隊として特攻戦死。海軍二等飛行兵曹。（富山県）

男児等の燃えて燃えてし大和魂身は九重の花と散るらん

泉　登美雄　昭和十七年五月二十九日、中部支那にて戦死。陸軍見習士官。（石川県）

きよらけき御民のともよひたむきに永久にひろめむすめらぎの道

大森　重憲　昭和十九年三月三日、中部太平洋トラック諸島方面にて戦死。享年二十六歳。陸軍大尉。（石川県）

大君のみことしあれば天地のきはみの果も行き行き果てむ

折口　春洋　昭和十九年二月、硫黄島にて戦死。享年三十八歳。旧姓藤井。硫黄島守備のとき、折口信夫（歌人・釈迢空）の養嗣子となる。陸軍中尉。（石川県）

雪ほのに見えてしづもる向ひ山暗きに起きて兵を発たしむ
さ夜ふかく心しづめて思ふなり一人一人みなよく戦はむ
つぎつぎに闇をたちつつ爆音の遠ざかり行くが涙ぐましき
朝つひに命たえたる兵一人木陰に据ゑて日中をさびしき

村井　彦四郎　昭和二十年三月二十一日、神風特別攻撃隊神雷部隊桜花隊として九州南方にて特攻戦死。享年二十二歳。海軍少佐。海軍飛行予備学生第十三期。
明治大学出身。（石川県）

大君にさゝぐる命惜しからんくだけて桜花と咲くを思へば

神尾　穣　神風特別攻撃隊第一菊水隊。（福井県）

敵の空にらんでをがむ東天の悠久大義に生きるたのしさ

相沢　誠　昭和十七年六月六日、中部支那・衢州城攻撃一番乗りにて戦死。陸軍中尉。
（長野県）

大君の御国ぞあぐる国難の国の固めに死なしめ給へ

大沢　霊匡　昭和二十一年、ビルマにて戦死。享年三十二歳。国学院大学出身。（長野県）

阿波の海　（二首）

わかめ歌これや生活《たつき》と波にぬれ幾年唄へる節のうましも

阿波の海わかめとる海人《こ》のわかめ歌流れて切れて渦にまかれつ〔つるぎと歌〕

坪川　満　昭和二十年五月十八日、比島にて戦死。享年二十三歳。（長野県）

朝霜の厳しき道にたふれたるともらが悲願貫かざらめや

山桜ほのかに匂ふこの朝け天つ日影をつつしむ我は
師の君のいのち籠れる劔太刀いだき奉りて旅たゝむとす
此の太刀をわれに給ひし師の心その悲しみを継がざらめやも
春浅くほのかに匂ふ白梅をま悲しみつゝ同志《とも》を思ふも〔つるぎと歌〕

仁科　関夫　昭和十九年十一月八日、回天特攻の第一陣、回天特別攻撃隊菊水隊として伊四七潜水艦の檣頭に菊水の旗印と「非理法権天」ののぼりをなびかせ、山口県大津島基地を出撃。同二十日、中部太平洋ホドライ島北辺にて特殊潜航艇「回天」に搭乗発進、ウルシー環礁内在泊の敵艦隊に突入、特攻戦死。享年二十二歳。胸に回天創始の時、殉職された盟友黒木少佐（五七頁参照）の遺骨を抱いて征かれたといふ。旧制大阪府立天王寺中学出身。海軍中尉。海軍兵学校第七十一期。（長野県）

君が為只一筋の誠心《まごころ》に当りて砕けぬ敵やはあるべき
鍛へこし我等が腕《かひな》この明日の一戦見事勝ち抜かん
昇る日と競ふ吾等の櫂の音江田の内海に古鷹仰ぐ
古の戦しのび今日よき日遠く漕ぎたり弥山の下に〔海軍特別攻撃隊の遺書〕

大村　俊郎　昭和二十年七月二十六日、陸軍七生昭道特別攻撃隊菊水隊として馬来半島

プーケット島に特攻戦死。享年十七歳。陸軍少尉。（静岡県）

君が為何か惜まん我が命散つて護国の神と化しなん

佐野　仁三郎　昭和十八年五月二十九日、北太平洋アッツ島にて玉砕。陸軍中尉。（静岡県）

生きるとも死すとも今はかゝはらず君に捧げし身の安らかさ

佐藤　善之助　昭和二十年四月十六日、神風特別攻撃隊神雷部隊桜花建武隊として、沖縄周辺に特攻戦死。享年十八歳。海軍甲種飛行予科練習生第十二期。（静岡県）

身はたとへ一度に一艦砕くとも七度生れ夷敵砕かん

神雷の英挙を抱き我はゆく米鬼微塵にたたき砕かん〔われ特攻に死す〕

鈴木　才司　昭和二十年四月十四日、神風特別攻撃隊神雷部隊第六建武隊として沖縄周辺に特攻戦死。享年二十歳。海軍乙種飛行予科練習生第十三期。（静岡県）

敷島の日本男子の雄々しさは事あるときに死なばやと決む

撃滅の命令降だる神州の日本男子驀ら討つ

神雷のこだまと化する若桜何か望まん国のためこそ〔われ特攻に死す〕

西尾　常三郎　昭和十九年十一月十三日、陸軍富嶽特別攻撃隊長として、比島ルソン島に特攻戦死。陸軍大佐。陸軍士官学校第五十期。（静岡県）

数ならぬさされ小石の真心をつみかさねてぞ国は安けれ
数ならぬ身にはあれども大君の御楯となりて征くぞうれしき
数ならぬ身にはあれとも大君の御楯とならん時は来にけり
母上よなげきたまふな父君に家の栄をまづ行きて告げん

溝口　幸次郎　昭和二十年六月二十二日、神風特別攻撃隊第一神雷爆戦隊として沖縄方面にて特攻戦死。享年二十二歳。海軍飛行予備学生第十四期。中央大学出身。（静岡県）

地震に倒れし我が家
我が家はこはれたれども父祖の血を大空に生きて国護るなり
我が家のおもかげなくも我が魂は永久に我が家にかへり来ぬべし〔雲ながる丶果てに〕

山内　文夫（静岡県）

若桜美しく散りて国の為錦をば着て故郷へ帰る

若尾　達夫　昭和二十年五月二十八日、陸軍特別攻撃隊第四三三振武隊として、沖縄海域に特攻戦死。享年二十二歳。陸軍少尉。横浜市立鶴見高等工業学校出身。
（静岡県）

富士の嶺の聳ゆる如く後世まで君が勲を残せ若鷲
若桜春をも待たで散りゆきぬ嵐の中に枝をはなれて
身はたとへ愛機と共に砕くとも魂永久に国ぞ護らん
父母様よ末永かれと祈りつゝ征きて還らぬ空の初旅
神風の吹くを待ちて吹かぬ間に猛き国ぶり知らせてしかな
吹くもよし散るもよけれ桜花国興す道に変りなければ
神鷲の訓を受けて我もまた撃ちてし止まむ醜の敵艦〔よろづよに〕

岩瀬　豊雄　昭和十九年九月十四日、比島沖にて戦死。享年二十二歳。名古屋金城商業学校出身。（愛知県）

殉皇の命《みこと》まさしく心こめ顧みすれば涙落ちたり
うつそみのもろき涙は胸にひめ皇道《みち》に狂はむ神祈りつゝ

影山先生著『一つの戦史』を読む（四首）

もゆる血と熱き涙のことはりを謹しみ思ふ師が文を読み
やぶるべき悲しきさがのむつごとをたび重ねつゝなやみ我が来し
性とはず護り継ぎ来しひととせといふに耐へめや神の御前に
かくの如なぞへゆるけき坂だにもかなしからずや御杖とらしき〔つるぎと歌〕

井上 長《ひさし》 昭和二十年七月二十四日、広島県江田島附近にて戦死。享年二十三歳。海軍少尉。東京帝国大学法学部出身。（愛知県）

大空に悲しくなきて輪をゑがきまひ流れゆく秋のとびかな
しまらくのいのちにあればむらさきのけむりの舞はかなしかりけり
二十三年世はままならぬ事ありと深く知りつつ糸を垂れたり
ひややけき瓶の水吸ひひそやかにひたすらに生くさざんかの花
あめつちの秋のひそけささびしさもあらはにいはぬさざんかの花
はたとせと三つのいのちはうつしよにかふるものなし母のふみみる〔きけわだつみのこえ〕

岡部 弥三郎 昭和十九年九月九日、比島・ミンダナオ島にて戦死。享年二十二歳。（愛知県）

やき鎌のと鎌をもちて醜草を刈りてし止まむ神勅《みこと》かしこみ
たうたうと水泡飛ばしてうちかぶる真水きびしき霜こほる朝
大君のまけのみことをかしこみて神去りまし丶いさを偲ぶも

勤労奉仕にて（一首）

千早振る砥鹿《*とが》の御神のうしはける山の裾野をつ丶しみひらくも

＊愛知県宝飯郡に在る本宮山（砥神山）。

益良雄の鑑といつくかなしびの神の御苑《みその》に桜花散る

小野 常光 昭和二十年三月十八日、九州・大分航空隊空襲のとき戦死。享年三十七歳。
（愛知県）

小野侚子郎女命百日祭（一首）

みけみきをたてまつりつ丶御霊舎《みたまや》を仰げばにじむ吾子の面影
われもまた神の血うくる身にしあれば神の道にぞいのち捧げむ
朝霜に厳しくたへて白菊の山峡《やまあひ》に咲くいのち思ふも〔つるぎと歌〕

河原塚 国守（愛知県）

先輩の歌へる此の心此の身一つの捨て所唯紺碧の空の広けさ

高橋　賢光　昭和二十年四月十六日、神風特別攻撃隊皇花隊として沖縄海域に特攻戦死。享年二十歳。海軍二等飛行兵曹。海軍甲種飛行予科練習生第十二期。（愛知県）

いざたたん八幡の前誓ひたて皇御国を護る神風〔われ特攻に死す〕

成瀬　謙治　海軍中尉。（愛知県）

国思ふ若き命は山ざくら今ぞ男々しく南海に散らん

新美　昭二　（愛知県）

皇国の若き男児の本懐を笑つて散つたこの心かな

平野　亨　海軍少佐。（愛知県）

征く人も見送る人も唯一つ思は同じ大君のため

ひたすらにまちわび居りし出撃の朝ぞ光は四方に輝く

山田　晃曰　昭和二十年四月十二日、神風特別攻撃隊神雷部隊第三建武隊として、沖縄海域に特攻戦死。享年十九歳。海軍一等飛行兵曹。海軍甲種飛行予科練習生第十一期。（愛知県）

嵐吹き散りてゆきなん桜花又と咲く日は大君の辺に〔われ特攻に死す〕

黒木 博司　昭和十九年九月七日、心血を注いで自ら創始した水中特攻艇「回天」をまさに発進しようとして、その直前の第一号艇試運転に同乗したが、徳山湾の海底に突入したまま遂に浮上せず、殉職。享年二十四歳。海軍大尉。海軍機関学校出身。〔岐阜県〕

大東亜戦争勃発に際して

すめろぎの国亡ぶるか興るかの戦なるぞ征けや益良雄

石川徳正兄の厚志に感じて

忘れめや君斃れなば吾が継ぎ吾斃れなば君継ぎくるるを

武夫《もののふ》の道を思ひ死を決せしとき

国を思ひ死ぬに死なれぬ益良雄が魂留めて護らんと思ふ

男子やも我が事ならず朽ちぬとも留め置かまし大和魂

右の一首、死期迫る艇中にあつて沈着詳細に記載された「回天第一号海底突入事故報告」の中に書き遺されたもの。

ガ島陥ちドイツ敗れぬ皇国の明日し思へば死ぬに死なれず〔特別攻撃隊戦記・他〕

【絶筆より】
君ヶ代斉唱、神州ノ尊、神州ノ美、我今疑ハズ、莞爾トシテユク、万歳。

山川　弘至　昭和二十年八月十一日、台湾・屛東飛行場にて激烈なB24空爆下、暗号将校として無電機の前で任務遂行中に戦死。享年二十八歳。陸軍少尉。国学院大学卒。折口信夫に師事。（岐阜県）

言にいでていはむすべなきひたごころあはれ大和の春くれむとす
甲斐が嶺《ね》のあはひはるかにゆく水の水音を君と聞きし日思ほゆ
夏は来ぬ遠山脈の青々と霞めるはてに白き雲見ゆ
夏草の青きがうちに息づけばわが若き日はなべて恋ほしも
遠つ人こころにもちて夏山の昼たくる路こえて来にけり
みなみの海浪《み》うちよする音きけばしくしくにひとの恋ほしかりけり
うらうらとこぶし花咲くふるさとのかの背戸山に遊ぶすべもがも
「日本創世叙事詩」（陣中遺稿）自序に
日の本のみちの正みち明らめて永久にしづめむ大和心を〔遺書より〕

山田　大《はじめ》　昭和十七年五月八日、瑞鶴艦攻隊として、珊瑚海海戦にて戦死。享年二十歳。

生き死にの心にかかる雲もなく今朝の朝日は輝きにけり〔われ特攻に死す〕

海軍甲種飛行予科練習生第三期。（岐阜県）

近畿地方

吉田　信太郎　昭和二十年四月六日、神風特別攻撃隊第三御楯隊天山隊として、沖縄東方にて「ワレ戦艦ニ体当リス」と送信後連絡を絶つ。海軍少尉。（滋賀県）

身も魂も皇国《すめらみくに》のものにして我れといふ字は在りてなきもの

右の一首、基地出発の前日休暇を得て帰郷の際、安土の沙々貴神社に奉納した作。

佐野　元　昭和二十年八月一日、回天特別攻撃隊多聞隊として伊三六潜水艦に乗り込み、山口県光基地を出撃。同十一日パラオ諸島北方にて特殊潜航艇「回天」に搭乗発進して敵輸送船団に突入、特攻戦死。享年二十五歳。海軍少尉。海軍予科練習生。園部中学出身。（京都府）

訓練に訓練重ねわが隊の戦果を見よや四方の人々

辞　世

元気なる我が父見たる喜びは山にたとへん海にたとへん
巣立たる我を思ひて神参る母の心のすが〳〵しさよ
鞍馬なる山を登りて母と我しづかに下る清き坂道
わづかなる努力は君のためなるぞ寸暇を惜しみ勤め弟
死を決して南の海に散らむとす清き心を誰か知るらむ〔海軍特別攻撃隊の遺書〕

【陣中日記より】
八月十一日一七三〇、敵発見、輸送船団なり、我落ちつきて体当りを敢行せん。只、天皇陛下の万歳を叫んで突入あるのみ、さらば神州に曙よきたれ、七生報国のはちまきを締め、祈るは轟沈。

下村　威　昭和二十年四月十日、スル諸島ホロ島バンガル山にて戦死。享年二十八歳。
国学院大学出身。（京都府）

七月五日、皇民有志蹶起事件に参加して
日の本の生命の息吹き温かに胸包む今日吾死なむとす
日の本の生命に帰る喜びに打震ふなり賤が此の身も
益良雄は今や捕はる益良雄の悲しき願ひ遂げも得ずして

大きなる御国の祈り破れしは我が忠心《まめごころ》足らざりしのみ

大きなる日の本の生命思ひつつ今日も小窓の夏雲を見し

いつしかも秋は来にけりうらさびし獄舎《ひとや》の庭は早や虫鳴くを

無窮なる生命に通ふ吾が呼吸《いき》の温かきかも涙流るる

木枯しの風遠鳴りて更くる夜は囚獄《ひとや》に静けく生く道思ふも

高光る帝の守り人なしとそゞろに思へば涙落ち来も

賊と呼ばれいや果てにける命らの悲しき道をひたゆくわれは

ほの暗きともしびの下涙しぬ日頃きほへどわが貧しきに

このいのち悲しびおもふさむざむと大わだつみにかゝる弓張〔つるぎと歌・他〕

谷　暢夫《のぶを》　昭和十九年十月二十五日、神風特別攻撃隊敷島隊（神風特攻の第一陣として、昭和十九年十月十九日夜半に編成）として、比島・マバラカット基地を発進、比島東方海面を捜索南下中に敵空母群を発見して列機と共に突入、特攻戦死。海軍一等飛行兵曹。第十期海軍甲種予科練習生第十期。（京都府）

身はかろく務めの重きを思ふとき今は敵艦にたゞ体当り

故郷を遠くはなれて思ふかな我がたらちねは如何におはすと

大浪のかなたの仇を討ちなんと故郷遠く吾は来にけり

森　清士　陸軍特別攻撃隊。享年二十三歳。（京都府）

花散りて薫る若葉の大空に振武の翼今翔り征く

吾も亦大和島根の益良雄ぞ仇の大艦撃ちて沈めん

山口　歳郎　昭和二十年一月八日、神風特攻八幡隊、比島方面にて特攻戦死。享年二十一歳。海軍乙種予科練習生第十六期。海軍少尉。（京都府）

吹雲吹く北の守りをになふわれ散りて咲かさん山桜花

井之内　誠二　昭和十九年十二月十四日、第九十五飛行戦隊として比島パナイ島附近にて特攻戦死。享年二十四歳。陸軍中佐。（京都府）

益良雄は今ぞ征くなり天翔けて南のそらの防人として

身はたとへ狂ふ波間に果てぬとも魂ぞ護らん皇国の空を

矢の如く行きて帰らぬ身にしあれど心はかへる父母います故山

棚橋　芳雄　昭和二十年三月二十一日、第一神風桜花特別攻撃隊神雷部隊として、沖縄の敵艦に突入、特攻戦死。海軍二等飛行兵曹。（三重）

若鷲は南の空に飛び立ちて還るねぐらは靖国の森

深瀬　文一　昭和十九年八月十九日、比島ルソン島北方バリンタン海峡にて戦死。享年二十四歳。国学院大学出身。学徒出陣。（奈良県）

十津川に落ちのび給ひける護良親王を偲び奉りて（二首）

きびしかる葦の瀬川の水の音と皇子《みこ》すらさへや嘆き給ひぬ

天忠の大き男の子の裔《すゑ》我と仕へまつらむ万代《よろづよ》までに

天忠組野崎主計先生を憶ふ（二首）

山の辺の紅葉静かに散らふなべ汝《な》が悲しみは極まりにけむ

苦しびを独り耐へつつゆゆしくも腹切りにけむ思へば悲しも

美《うま》し穂ゆいはひ醸せるそらにみつ大和の酒は酌めど飽かぬかも

ひむがしの方に向ひてはるけくも草莽の思ひ嘆きするかも

いにしへゆ大君の辺に生き死にし御親思へば涙し流る

みよしののわがふる里のたぎつ瀬の絶ゆることなく仕へまつらむ〔つるぎと歌〕

福山　正道　昭和二十年一月六日、神風特別攻撃隊第十九金剛隊として、比島方面にて特攻戦死。享年二十四歳。海軍中尉。海軍兵学校第七十二期。（奈良県）

君のため尽す命はをしまねど唯気にかかる国のゆくすゑ
たらちねの父母迎へん靖国に明日はゆくなり南溟の空〔海軍特別攻撃隊の遺書〕

船越 治　昭和二十年四月十二日、神風特別攻撃隊神雷部隊第三建武隊として、沖縄周辺にて特攻戦死。享年十九歳。海軍二等飛行兵曹。海軍乙種飛行予科練習生第十八期。（奈良県）

大君の御楯となりて敵艦に轟音と共に我は散りゆく〔われ特攻に死す〕

古川 正崇　昭和二十年五月二十九日、神風特別攻撃隊振天隊として沖縄方面にて特攻戦死。享年二十四歳。海軍中尉。大阪外事専門学校（現大阪外語大）出身。（奈良県）

出征の日に

雲湧きて流るゝはての青空のその青の上わが死に所

赤道を越ゆ（二首）

大いなる地球の道を覆ふ雲その上遥か我は征くなり
ゆきゆきて南の国にありし身も再びは越ゆ赤道の上

出撃を前にして詠ふ（七首）

特攻を待ちつゝ日々の雨なれば生きる事にも飽きたる心地
我が命十日の雨に長びけば暮しにあきて昼寝などする
我が命今日にせまりし朝の眼覚め日はうららと既に照りたり
下着よりすべて換ゆれば新らしき我《われ》が命も生れ出づるか
ふるさとの母の便りに強き事云ひてはをれど老いし母はも
人はつひに死ぬものなれば二十四の我が命のありがたきかな
あと三時間のわが命なり只一人歌を作りて心を静む〔雲ながるゝ果てに〕

石田　三郎　昭和二十年四月十六日、神風特別攻撃隊第八建武隊として、奄美諸島鬼界島南方にて特攻戦死。享年二十一歳。海軍一等飛行兵曹。（大阪府）

ソロモンの大空に果てし兄追ひて我も散らんぞ南の空に
井辰　勉　昭和二十年四月十二日、神風特別攻撃隊神雷部隊桜花建武隊として沖縄周辺に特攻戦死。享年十八歳。海軍乙種飛行予科練習生第十八期。（大阪府）

靖国の庭に競へる若桜我も後れじ散りて開かん
日の本に見事に咲きし桜花嵐の庭に雨の如散る〔われ特攻に死す〕

久家《くげ》 稔　昭和二十年六月四日、回天特別攻撃隊轟隊として伊三六潜水艦に乗り込み、山口県光基地を出撃。同月二十八日、中部太平洋マリアナ諸島東方にて特殊潜航艇「回天」に搭乗発進して敵駆逐艦に突入、特攻戦死。海軍少尉。大阪商科大学（現大阪府立大）出身。（大阪府）

親友の死をいたみて詠める

短かかりし君が一生しのびつゝさみしき雨の夜を過ごしけり〔あゝ特攻隊〕

巽 精造　昭和二十年六月十一日、陸軍特別攻撃隊第六四振武隊として沖縄・中城湾にて特攻戦死。享年二十四歳。陸軍大尉。（大阪府）

故郷のやさしき母を偲びつゝ空の御楯と吾は征きなむ
ひとすぢに御国を憶ふ誠心は雲染む屍と散らむ吾が身は
まつしぐら敵の空母に体当り散りてほまれの桜花かな
我がつとめひたすらにつくしてこそ国民の戦にかてる道ぞ近けれ

辻 富雄　昭和十七年十二月七日、ガダルカナルに於て、特攻戦死。海軍兵学校第六九期。海軍少佐。（大阪府）

海の決死隊

男一度　海行かば　命もいらぬ　名もいらぬ　恐れてなるか　海の中　俺の最後は

此所だぞと　決めて見上げる　軍艦旗

毛利　理《をさむ》　昭和二十年五月四日、陸軍特別攻撃隊第六十六振武隊として、沖縄附近に特攻戦死。陸軍大尉。天王寺師範学校出身。（大阪府）

大君の御楯といで征くちりひぢの数にもあらぬ我が身にしあれど

わが命惜しくもなし七度も世にあれ出でて国を守らむ

小森　寿一　昭和二十年一月十五日、比島・ルソン島にて戦死。享年二十四歳。海軍飛行予備学生第十四期。東京帝国大学（現東京大学）法学部出身。（和歌山県）

冬雪の深みの下に黙然《もだ》居りて失意の友に言ふすべもなし

失意の友を苛《とが》む如く思ひつつ雄心持てと我は語りぬ〔あゝ同期の桜〕

坂田　勇　昭和十九年春、陸軍船舶兵として出征、戦死。（和歌山県）

年ふりし木草ことごと繁りたりひとしほきよきこれのみ社

和歌山県天野の出身である作者は、天野大社丹生都比売《にぶつひめ》神社の由緒について究めることを心に残しつつ、恩師保田与重郎先生にこの一事を託して出征された。

中西　斎季　昭和二十年四月二十九日、神風特別攻撃隊神雷部隊第九建武隊として沖縄方面にて特攻戦死。享年二十七歳。海軍中尉。慶応義塾大学出身。（和歌山県）

皇国の弥栄祈り吾もまた散りて護国の華と咲きなむ〔あゝ特攻隊〕

湯原　茂　昭和二十年五月二十日、比島・サクラサにて戦死。享年二十四歳。昭和十七年、茨城県内原の日本国民高等学校卒業。満蒙義勇軍に参加。（和歌山県）

ますらをの生命尊み大君に唯に捧げて行くべくありけり

山里のさゝら流れのその音のすがすがしもよ君の歌誦む

南天のつぶらなる実に輝きて秋の陽光《ひかり》は静かなるかも

真玉なし山谷川をゆく水の一筋の生命見つゝきびしも

み光りに花と散るべき我が身なり瓦と生きて何かたのしき

宇野　茂作　（兵庫県）

皇国の鎮《しづめ》石ならいつなりと散りて甲斐あるこの身この骨

難波　博通　（兵庫県）

今去ればつぎは九段の御社とちかふ心になみだながるゝ

かぎりなき愛のちぎりをふりすてゝ我今ぞ行く決戦の大空

堀毛　利衛　陸軍大尉。（兵庫県）

七度ぞ生れて御国を守らばや身は大空の花と散るとも
たらちねの父母の幸をば祈りつゝ勇みて我は大空にぞ行く

水井　淑夫　昭和二十年七月十八日、回天特別攻撃隊として伊五八潜水艦に乗り込み、山口県平生基地を出撃、八月十日沖縄南東方にて特殊潜航艇「回天」に搭乗発進して敵輸送船団に突入、特攻戦死。享年二十三歳。海軍少尉。九州帝国大学（現九州大学）出身。（兵庫県）

出撃の日

送りくれし数々の文見つめつつ別れし去年《こぞ》の母が眼を恋ふ

鷲見　敏郎　昭和二十年四月六日、神風特別攻撃隊第十七、七生隊、沖縄方面にて特攻戦死。享年二十五歳。大阪商大出身。海軍少尉。（兵庫県）

母上の優しき誠享けつぎて永久に薫らん大和御空に（堅牢通信「日本の心」）

中国地方

朝霧　二郎　昭和二十年四月十二日、神風特別攻撃隊神雷部隊桜花隊として特攻戦死。享年十九歳。海軍二等飛行兵曹。海軍乙種飛行予科練習生第十八期。（岡

山県）

神雷のその名も馨る桜花隊我一員で見事散らさん

死こそある身の生なれば我は散る敵艦隊の真只中に〔われ特攻に死す〕

石川　延雄　昭和二十年五月十四日、滋賀県上空にて戦死。享年二十三歳。海軍飛行予備学生第十三期。法政大学出身。（岡山県）

帰らじと思ふ心の強ければいよいよなつかし故郷の山〔雲ながるゝ果てに〕

宇垣　纏　昭和二十年八月十五日終戦の日、沖縄にて特攻戦死。享年五十五歳。海軍中将。（岡山県）

知子*の三年祭に手向く（二首）

惜しみても返らぬ花の面影を戦さ半に忘れ得も勢《せ》ず

常夏の花とりどりに手折来て君が御霊に今日ぞ捧げん

*宇垣夫人。昭和十五年四月二十六日逝去。

武夫の行くとふ道を行ききはめ七度《たび》生れ勝たで已むべき

玉と散り瓦と飛ぶもおなじかし誠一途に国思ふ身は

大君の御楯と誓ふ武夫を七世こめて勝たで已むべき
春来なばまた咲き出てむ姥桜《うばざくら》散りて甲斐ある花にしあらば〔戦藻録・他〕
　　昭和十八年五月七日作
散るべきに散らざる花はいとへども吾ながらへて仇ぞ打ちてむ
夜もすがら宿直《とのゐ》の看護《みとり》うけ夜半の調はながかりにけり
　　同年五月十三日作
皆人の憩ふ時なり我が用は弓手ことたる範《のり》にとどめり
南北の気圧配置に心して我が執る道をあやまるなゆめ〔最後の特攻機〕

　　葛尾　武弘
　　昭和十五年九月二十三日、仏印進駐作戦に参加、北仏印（現北ベトナム）ヴァンウィエン州ドンダン西南方高地にて戦死。享年二十一歳。陸軍中尉。陸軍士官学校第五十三期。（岡山県）

あの辺に敵が居るといふ龍州*は緑の木多く美しき町なり
　　*北ベトナムとの国境に近い中国の町。

辞　世

生もなし死もなし己が魂は永遠に護らむ皇御国《すめらみくに》を

土屋　浩　昭和二十年一月九日、比島リンガエンにて特攻戦死。海軍中尉。（岡山県）

悠久の歴史の底に身を沈め永久に護らん皇御国を

蜂谷《はちや》　博史　昭和十九年十二月二十四日、硫黄島にて戦死。享年二十三歳。陸軍兵長。東京帝国大学文学部出身。（岡山県）

硫黄島戦覚書より（一九・一二）

硫黄島雨にけぶりて静かなり昨日の砲爆夢にあるらし

爆音を壕中にして歌つくるあはれ吾が春今つきんとす

硫黄島いや深みゆく雲にらみ帰らぬ一機待ちて日は暮る〔きけわだつみのこえ〕

藤田　幸保　昭和二十年五月十一日、神風特別攻撃隊神雷部隊桜花隊として特攻戦死。享年十九歳。海軍甲種飛行予科練習生第十一期。（岡山県）

兄鷲の武勲を受けし若桜今南海に天降りする

戦友の屍越えて南海へ吾も征かなん敵艦めがけ

神代より受けし皇土を汚す敵今肉弾ではうむり去らん〔われ特攻に死す〕

合原　直　昭和二十年四月四日、海軍特別攻撃隊として特攻戦死。海軍中尉。（広島県）

桜花の散り初めたるを見て

散る花に何ぞ遅れん我も亦斯くて散りなん大君の為

大田　静雄　（広島県）

神居ます大和の国を護る身は今日は御楯と空を征くらん

鈴木　武司　昭和二十年四月十二日、神風特別攻撃隊神雷部隊桜花隊として特攻戦死。享年十九歳。海軍一等飛行兵曹。海軍乙種飛行予科練習生第十七期。（広島県）

楠の馨りを秘めて我は征く必殺轟沈我が身もろとも〔われ特攻に死す〕

田中　繁晴　昭和二十年四月二十四日、比島にて戦死。享年十八歳。海軍特乙種飛行予科練習生第一期。（広島県）

海ゆかば水漬くかばねと知りながら空行く我は雲染むかばね〔あゝ予科練及びわれ特攻に死す〕

中田　俊一　昭和二十年八月六日、広島原子爆弾のため爆死。享年三十一歳。広島市立商業専門学校出身。天柱塾（塾長・星井真澄）同人。元満蒙特別機関員。（広島県）

黒髪のにほふ初夜の夢枕清き血の鳴り夫をまくらむ〔つるぎと歌〕

藤原　正弘　昭和十九年六月十六日、戦闘機隊将校としてニューギニア第一線に作戦中、ソロモン諸島附近の夜間攻撃にて戦死。享年二十三歳。陸軍航空士官学校第五十六期。（広島県）

大君の醜の御楯と立てし心たゞ一すぢに磨かざらめや

楠公の尊き御魂かしこみて仕へまつらむ万代《よろづよ》までも〔つるぎと歌〕

桃谷　正好　昭和二十年四月十二日、神風特別攻撃隊神雷部隊桜花建武隊として沖縄周辺に特攻戦死。享年十九歳。海軍二等飛行兵曹。海軍甲種飛行予科練習生第十二期。（広島県）

軽き身で重き務をつつがなくはたして還る靖国の庭〔われ特攻に死す〕

猪口　敏平　昭和十九年十月二十四日、比島沖シブヤン海にて戦艦「武蔵」艦長として戦死。享年四十七歳。海軍中将。海軍砲術の権威であった。（鳥取県）

愚かなる身にむちうちて励みなば神もめぐみを垂れたまふらん〔風日〕

八幡　高明　昭和二十年四月十二日、神風特別攻撃隊神雷部隊桜花建武隊として沖縄周辺に特攻戦死。享年二十二歳。海軍上等飛行兵曹。海軍丙種飛行予科練習生。（鳥取県）

日の本の久遠の栄を祈りつつ「桜花」と共に吾は散らなん〔われ特攻に死す〕

大橋　進　昭和二十年五月四日、第七神風神雷桜花隊、南西諸島方面にて特攻戦死。享年二十四歳。山口師範学校出身。海軍少佐。（山口県）

喜びて御楯とならん若桜我が屍でことぞ足りなば

久保田　秀生　昭和二十年三月十八日、神風菊水彗星隊、九州東南方海面にて特攻戦死。享年二十三歳。宇部高等工業学校。海軍少尉。（山口県）

日の本の男の子と我も歌はれむ何れの空に砕けちるとも

竹野　弁治　昭和二十年四月十二日、神風特別攻撃隊神雷部隊桜花建武隊として沖縄周辺に特攻戦死。享年十九歳。海軍一等飛行兵曹。海軍乙種飛行予科練習生第十七期。（山口県）

七度も生れ変りて諸共に醜の御楯と我は征くなり〔われ特攻に死す〕

田熊　克省　昭和二十年四月十六日、神風特別攻撃隊菊水部隊天桜隊として南西諸島方面にて特攻戦死。享年二十七歳。海軍少尉。旅順工科大学出身。（山口県）

大君の御楯となりて吾は今翼休めん靖国の森〔海軍特別攻撃隊の遺書より〕

原田　愛文《なるふみ》　昭和二十年四月十二日、神風第二七生隊、南西諸島方面にて特攻戦死。享年二十六歳。明治大学出身。海軍少尉。（山口県）

大丈夫のみちに迷ひはなかりけり死して生ある命なりせば

藤田 徳太郎　昭和二十年六月二十九日、下関の生家にて空襲により爆死。享年四十五歳。東京帝国大学出身。浦和高校（現埼玉大学）教授。『日本文学の精神と研究史』『国文学の歴史と鑑賞』『新国学論』『わが国学』『本居宣長と平田篤胤』等著書多数。（山口県）

桜花頌《しょう》

いさぎよく桜の花やますらをの大和心に咲きにほひけり

「平田篤胤《あつたね》の国学」の校正を了りて

国の道あきらめませし巨き大人《うし》の高くたふとき御教ぞこれ

新著の成れるに

国つふみ明らめませし大人たちのみ霊かよひてみちびき給へ

本居宣長先生遺邸にて

鈴屋のこれの家ゐにわれら今心つつしみもだしすわれり

この小さき部屋ぬちにしてひたすらにまことの道を開きたまへる

倉田百三氏追悼

こゝろざし未だ遂げなく倒れにし大人が心の思ひあへめや

志士の辞世の歌など思ひて

国を思ふ赤き心は一つなり死にゆくものも生き残る身も

右の一首は、出生地、下関市宮田町に建立された「国学者藤田徳太郎先生顕彰之碑」に刻まれてゐる。

平田篤胤翁の奥津城《おくつき》に詣でて

たけ低く厚さの太きみ墓石すわりよろしく鎮まりゐます

白梅賦（一首）

梅が枝の強くきびしき心もて益良男吾は生きむとぞ思ふ

わがどちが心こめたる新刷のこの「ひむがし」＊よ手《た》むだきて読む

＊影山正治氏主宰の歌道誌。

おほけなく世にありふれどひたすらに神ながらなる道を畏む〔つるぎと歌・他〕

松吉　正資　昭和二十年五月十一日、南西諸島方面にて戦死。享年二十二歳。海軍飛行予備学生第十四期。東京帝国大学法学部出身。（山口県）

ゆく身にはひとしほしむるふるさとの人のなさけのあたたかきかな

数ならぬ身にはあれども吾を送る人のおもひにこたへざらめや
うつそみはよし砕くともはらからのなさけ忘れじ常世ゆくまで

四国地方

梅寿　秀行　昭和二十年四月十二日、神風特別攻撃隊神雷部隊桜花建武隊として沖縄周辺にて特攻戦死。享年十九歳。海軍二等飛行兵曹。海軍甲種飛行予科練習生第十二期。（徳島県）

必殺を祈りて咲きし若桜今春風と共に散るらん
神風の戦友に続きていざ征かん我神雷となりて散りゆく
八重桜八重にならびし敵艦を見事轟沈散り際のよさ〔われ特攻に死す〕

中尾　正海　昭和二十年四月十六日、神風特別攻撃隊神雷部隊桜花建武隊として沖縄周辺に特攻戦死。享年十九歳。海軍二等飛行兵曹。海軍乙種飛行予科練習生第十八期。（徳島県）

長男と生れ来たるこの身なり大君に尽すもまた孝なりと

軽き身を桜花に託し我征かん黒潮逆まく南の海に〔われ特攻に死す〕

中田　静雄　昭和二十年五月十八日、沖縄周辺にて特攻戦死。海軍二等飛行兵曹。海軍乙種予科練習生第一期。（高知県）

身はたとへ南の海に朽ちぬともやがて九段の花と咲くらむ

稗野　一幸　神風特別攻撃隊第二御楯隊第五攻撃隊。海軍一等飛行兵曹。海軍飛行予科練習生出身。（高知県）

につこりと笑つて散りゆく戦友の後に続かん若鷲の意気

大君の御盾とたちて今日よりは空行く屍かへりみはせじ〔あゝ予科練〕

弘光　正治　昭和二十年八月十五日。本州東方海上にて特攻戦死。海軍少尉。海軍甲種予科練習生第十二期。（高知県）

今日よりは針路定めて大空に君の御楯と出で立つ我は

山本　達夫　昭和十九年十一月七日、比島にて戦死。享年二十四歳。陸士五十六期。陸軍特別攻撃隊富嶽隊長。陸軍大尉。（高知県）

身はたとへ煙とともに消ゆるとも七たび生れ君につくさん〔陸軍特別攻撃隊〕

唐沢　高雄　昭和二十年四月十二日、神風特別攻撃隊神雷部隊桜花建武隊として沖縄周辺に特攻戦死。享年十九歳。海軍乙種飛行予科練習生第十七期。（香川県）

大君の勅畏み我は征く散りて九段の若桜花〔われ特攻に死す〕

久保　忠弘　昭和二十年四月十三日、神風特別攻撃隊第二七生隊として沖縄方面にて特攻戦死。享年二十三歳。海軍少尉。京都帝国大学（現京都大学）出身。（香川県）

潔く南の海に果てむかな桜の花の散り際に似て

昭和二十年四月七日出撃の日

悠久のその一沫の生にしてまさしく吾は大君の兵〔海軍特別攻撃隊の遺書〕

古市　敏雄　昭和二十年四月六日、神風特別攻撃隊第一八幡護皇隊として南西諸島にて特攻戦死。享年二十五歳。海軍第十四期飛行予備学生。慶応大学出身。（香川県）

千早振る神の御加護にわれは今広きみそらを一人羽翔く

造酒《みき》　康義　昭和二十年四月十二日、神風特別攻撃隊神雷部隊桜花建武隊として沖縄海上に特攻戦死。享年二十歳。海軍上等飛行兵曹。海軍乙種飛行予科練習生第十五期。（香川県）

神雷の庭に育ちし若桜今日勇ましく南海に咲く〔われ特攻に死す〕

南　義美　昭和十九年十一月二十五日、神風特別攻撃隊笠置隊として比島方面に特攻戦

死。海軍大尉。（香川県）

出で征きて還らざるとは知りながら已むに止まれぬ大和魂

大森　省三　（愛媛県）

君の為御国のためのいしずゑと桜花のごとく春は散るらん

蓼《たで》川　茂　昭和二十年四月十四日、神風特別攻撃隊神雷部隊桜花建武隊として沖縄周辺に特攻戦死。享年十九歳。海軍一等飛行兵曹。海軍乙種飛行予科練習生第十七期。（愛媛県）

若桜何か惜しまん君が為世の為国に咲きし身なれば

五月咲く牡丹の馨りあればこそ四月桜も潔く散る〔われ特攻に死す〕

藤田　卓郎　神風特別攻撃隊七生隊。海軍中尉。（愛媛県）

七度を生れ変りて大君に尽さざらめや今ぞ出で立つ

矢野　徹郎　昭和十九年十二月七日、海軍特別攻撃隊神風神武第五桜井隊（自らは神直霊毘　かんなび　隊と名付ける）隊長として比島沖アルベラ西方海上の敵艦隊を攻撃、「ワレ空母ニ突入ス」と打電して消息を断つ。享年二十五歳。海軍少佐（二階級特進）。神宮皇学館出身。（愛媛県）

積乱の雲のかなたに飛行ける十九の命けふは還らず

火花して押迫り来る敵空母わが機つぎつぎ自爆して行きぬ
大君の益良夫なればきみが死を悲しと言はで天翔けるかな
天つみそら散華の屍のり越えて今日も行くなり益良武雄は
みいくさの果てしなければわが命この戦に死ぬべかりけり
若き命恋には死せじ雄々しくも草むす屍と吾は征くなり
八《や》百《ほ》万《よろづ》神きこしめせわれの身は大君の為死すべかりけり
五尺《いつさか》の身ありとあらゆる力もて尽し奉らん醜の御楯は

靖国神社々頭にて

吾も亦この鎮宮《しづみや》に祀られん日もあらんかとしみじみ拝す

以上九首、歌集「あだなみ」（矢野谿・徹郎遺詠集）より抜粋。死亡当時、作者の父君矢野谿氏は京都加茂別雷神社宮司。

九州地方

岩本　益臣　昭和十九年十一月五日、比島マニラ附近にて戦死。享年二十八歳。陸軍大尉。陸軍特別攻撃隊万朶隊隊長。（福岡県）

大君の勅《みこと》かしこみ今日よりは火玉となりて我は征くなり
身はたとへ南の海に散りぬとも留め置かまし大和魂
武士は散るもめでたき桜花花をも香をも人ぞ知るらむ
さして征く南の空はくもるともなどかくもらむ大和だましひ

辞　世

大君のみことかしこみ賤が身はなりゆくままにまかせこそすれ

岡部　平一　昭和二十年四月一日、神風特別攻撃隊第二七生隊（元山航空隊）として沖縄方面にて特攻戦死。享年二十三歳。海軍少尉。台北帝国大学出身。（福岡県）

潔よく散りて果てなむ春の日にわれは敷島の大和さくら子〔海軍特別攻撃隊の遺書・他〕

片村　利男　昭和二十年四月七日、神風特別攻撃隊梓隊第四銀河隊として沖縄東方海上にて特攻戦死。海軍少尉。（福岡県）

皇《すめろぎ》の命のまゝに丈夫は只敵艦に玉と砕けん

小島　典吾　昭和二十年四月十二日、第二神風桜花特別攻撃隊神雷部隊（有人ロケット機「桜花」による特攻隊）として沖縄周辺にて特攻戦死。享年二十二歳。海軍一等飛行兵曹。海軍甲種予科練習生第十一期。（福岡県）

たらちねの親の祈りを心して力の限り国に尽さん
朝には道を習ひ夕には死すとも可なり海鷲われは
荒狂ふ大海原に水漬きにし雄々しき人にわれはこたへん〔神風特別攻撃隊〕

篠原　悠久夫　昭和二十年八月七日、沖縄方面にて戦死。享年二十二歳。海軍飛行予備学生第十三期。福岡第一師範学校（現福岡教育大）出身。（福岡県）

言葉なし吾をば育て丶すこやかに母上様の労苦思へば〔雲ながる、果てに〕

宅島　徳光　昭和二十年四月九日、松島航空隊にて殉職。享年二十四歳。（福岡県）

国の為世の為捨つる命こそ尊かるべし理《ことわり》はなく〔雲ながる、果てに〕

手塚　顕一　昭和十八年七月十日、ニューギニア島ナムリングにて戦死。国学院大学道義学科出身。（福岡県）

亡き友のみたまのまもりいやかたく思ひてやまず乱れゆく世に

古野　繁実　昭和十六年十二月八日、ハワイ真珠湾に突入、戦死。享年二十四歳。海軍少佐。海軍兵学校第六十七期。（福岡県）

君のため何か惜しまん若桜散つて甲斐ある命なりせば
いざゆかむ網も機雷も乗り越えて撃ちて真珠の玉と砕けむ〔海の軍神特別攻撃隊・他〕
平川　勉　昭和十九年七月五日、ニューギニア前線にて戦死。享年二十五歳。（福岡県）

伊勢神宮徒歩参拝行（二首）

落ち激《たぎ》つ須雲*の川の磐《いは》の辺に水泡を見つつひとりかなしむ
*箱根山南麓に源を発し、箱根湯元で早川に合して相模湾に流れ込む川。
天照らす神の宮居の神さびて大樹こごしくなげきは止らず

菊池武時公を偲びて

神ながらいやつぎつぎて大君に捧げまつれる汝が一族《うから》あはれ
みたみわれむくろはさらせ我が生命とはにつかへむ大君の辺に
君が代のしづめとはてし湊川その誠心《まごころ》ぞ神につながる
菊水の悲願に生きん日の本の益良武雄と生れ来しわれぞ
内外の夷《えみし》はらへと師の君の宣りて給ひし劔太刀はや〔つるぎと歌〕
石橋　中雄　昭和二十年四月六日、神風特別攻撃隊第一筑波隊として南西諸島方面にて

特攻戦死。享年二十五歳。海軍中尉。（佐賀県）

やがて見む御国の春を讃へつゝ天がける身は玉と砕けむ〔神風特別攻撃隊〕

古賀　峯一　昭和十九年四月一日、連合艦隊司令長官として、作戦移動中に戦死。享年六十歳。海軍大将。（佐賀県）

桜すぎ桃の季節と思へども花のたよりは聞かれざりけり

艦橋をうつ白波のあひまより濃き砲煙の渦巻ける見ゆ

前田　善光　昭和二十年四月十四日、神風特別攻撃隊神雷部隊桜花建武隊として沖縄周辺に特攻戦死。享年二十歳。海軍上等飛行兵曹。海軍乙種飛行予科練習生第十四期。（佐賀県）

いざ征かん南の空の決戦場見事轟沈我体当り〔われ特攻に死す〕

武藤　包州　昭和十九年十月四日、中部支那・雲南省竜城の戦闘にて戦死。享年二十五歳。国学院大学出身。（佐賀県）

述　志

国の状《さま》はげしく語り友と行く薄が原は片なびき居り

いたらざる身にしあれども男の子われ火銃《ほづつ》の前に立たむと思ふ

このいのちくだけ散るとも御民我国改めのほのほとならん
つぎつぎにいのち燃え立ち男の子らが火中《ほなか》に立ちてあはれ散りしか

折にふれて

地の底ゆ吹きほとばしるあその火の神のほむらと貫き生きむ
さ庭べの笹うつ雨のしづけさにうつそみもはら酒を欲りせり
焼太刀の白刃《しらは》をかまむいきどほり静かに耐へて吾がゐたりけり
青山を枯山なして泣かしける神の命《みこと》のそのなげきはや

営庭吟

つはものはあまたあれどもみいくさの事はかりせずいきどほろしも
ひむがしを恋ひて思へば営庭の落葉はきつゝありがてなくに〔つるぎと歌〕

堀河　隆　昭和十九年七月五日、ビルマ・カマイン西南方にて戦死。享年二十三歳。国学院大学出身。（佐賀県）

鬱勃と胸迫り来るこの怒り辛くも耐へて時待つわれは
すめろぎのみことかしこみ内外の仇攘ふべきときは来にけり

待ち待ちし時は来にけり生きも死にも神のまにまにあらしめ給へ
鬱勃とわきたぎち来る憤り耐へがてぬ夜半雪降りにけり
今し世に狂ふ身なれば酒のまで何を慰さにありえてましや
神漏岐《かむろぎ》の御祖《おや》の心畏みて我命《わぎのち》あはれ酒断ちにけり

その古、景行天皇行幸ありし故山多良が嶺*を憶ひて

石楠の花咲く夕べつらつらに多良が嶺思へば心澄みゆくも
多良が嶺ゆ打ち見そなはし八束穂の垂穂の里と宣らせけるはや

*多良岳（九八三メートル）佐賀・長崎両県境にある。

いざやいざ心決して起たむ日のあるを頼みてわが生くるなり

戸隠神社祈願参拝行

いきどほり深く堪へつつ見放《さ》くれば浅間の煙たゆたひやまず〔つるぎと歌〕

深堀　直治　昭和十九年十月二十七日、神風攻撃隊純忠隊、レイテ湾内在泊敵艦に体当り戦死。享年二十四歳。海軍兵学校出身。（長崎県）

「詩」

腰の朱ざやは何するものぞ　人を切るため殺すため
人生意気に感じては朝つゆの命　何ものぞ
原　敦郎　昭和二十年一月十二日、神風攻撃隊金剛隊、ニューギニア方面の敵の前進根拠地在泊艦船に特攻戦死。早稲田大学出身。海軍少佐。（長崎県）

君が為国の御為敷島の大和男子の誠示さん
ちはやぶる神の御前に額づきてすめらみくにの弥栄祈らん
益良夫はたゞ一筋に思ふこそすめらみくにその弥栄を
山口平　昭和二十年五月四日、神風琴平水心隊、沖縄方面に於て、水上機をもつて、敵艦に体当り特攻戦死。鳥取高等農林学校出身。海軍大尉。（長崎県）

出撃朝《ゆく》は藁のベッドもなつかしく
酒井　敏行　（長崎県）

いざ行かん栄あるこの身空征かば大君に捧げて雲染むるとも
住野　英信　昭和二十年一月二十五日、神風特別攻撃隊第二十七金剛隊として比島ルソン島リンガエン湾附近にて特攻戦死。海軍中尉。長崎農学校（現長崎大農学部）出身。海軍飛行予備学生第十三期。（長崎県）

大君にさゝげまつりしわが命今こそ捨つる時は来にけり
今日ありて明日の命は知れぬ身に静かに虫の鳴く音きこゆる〔神風特別攻撃隊〕

野元　純　昭和二十年四月十二日、神風特別攻撃隊第二護皇白鷺隊（姫路航空隊）として沖縄方面にて特攻戦死。享年二十四歳。海軍少尉候補生。東京商科大学（現一橋大学）出身。（長崎県）

平常と何等変らぬこの気持国を思ふと同じかるらん〔神風特別攻撃隊〕

松尾　勲　昭和十九年十月二十七日、第二神風特別攻撃隊義烈隊（七〇一航空隊）として比島にて特攻戦死。海軍一等飛行兵曹。海軍甲種予科練習生出身。（長崎県）

大君の御楯となりていざ征かん天翔けめぐる南海の空〔神風特別攻撃隊〕

【遺書より】
父母上様喜んで下さい。勲はいい立派な死場所を得ました。あゝ男子の本懐是に過ぐるものが又と有りませうか。

松尾　登美雄　昭和二十年三月二十一日、神風桜花特別攻撃隊神雷攻撃部隊として九州東方海上にて特攻戦死。享年二十二歳。海軍二等飛行兵曹。海軍甲種予科練習生第十二期。（長崎県）

大君の空の御楯とえらばれて報いん時は今ぞこのとき

征き征くもいかでさびしき我身には母の腹巻守りてあらば

折りよくもよくも男と生れ来てすめらみいくさに会へる嬉しさ〔神風特別攻撃隊〕

山口　輝夫　昭和二十年五月二十四日、神風特別攻撃隊第十二航空戦隊二座水偵隊として沖縄方面にて特攻戦死。享年二十三歳。海軍少尉。国学院大学出身。（長崎県）

名をも身をもさらに惜しまずもののふは守り果さむ大和島根を〔神風特別攻撃隊〕

阿南《あなみ》　惟晟《これあき》　昭和十八年十一月二十日、中部支那・湖南省桃源県漆河附近の第百軍捕捉殲滅戦遂行中に戦死。享年二十一歳。陸軍中尉。（大分県）

たらちねの強き心に勇みつつ我は散りなむ心安けく

右の一首、母堂綾子の次の二首に和して詠まれたもの

若桜朝日に匂ふ春は来ぬ輝かせかしもののふの道

御戦に出で行く吾子の雄々しくも花の姿を君に見せたき（夫の出征不在なるに）

ひたすらに勅諭捧げて励まなむ塵には染まじ父の子なれば

右の一首、大陸戦野の駅頭で僅か十数分間、厳父阿南惟幾将軍と偶然に出会はれたときの作。

安藤　康治　昭和二十年五月十一日、陸軍特別攻撃隊第五十一振武隊として第六次の特

攻出撃に参加。陸軍伍長。少年飛行兵第十三期。（大分県）

大命を拝して征くなり皇国《すめくに》の空のみ盾とわれ散りゆかん〔知覧〕

西田　高光　昭和二十年五月十一日、神風特別攻撃隊第五筑波隊長として南西諸島方面にて特攻戦死。享年二十三歳。海軍中尉。海軍飛行予備学生第十三期。大分師範学校（現大分教育大）出身。（大分県）

この土のつらなる果てに母ありて明日の壮挙の成るを祈るらん

ひとゝせをかへり見すればなき友の数へ難くもなりにけるかな

長谷部　正義　昭和十七年二月十四日、蘭領インドシナ、パレンバンに落下傘降下、戦死。陸軍少尉。（大分県）

もろともに死なんと集ふつはものはどくろの朽つまで務め尽すと

森　茂士　昭和二十年四月十六日、神風特別攻撃隊神雷部隊第七建武隊として沖縄南東海面にて特攻戦死。享年二十一歳。海軍上等飛行兵曹。海軍丙種飛行予科練習生第十九期。（大分県）

国民の安きを祈り吾は征く敵艦隊の真只中に〔海軍特別攻撃隊の遺書〕

幸松　政則　昭和二十年二月二十一日、神風第二御楯隊、本州南方方面にて特攻戦死。享年二十歳。海軍乙種予科練習生第十六期。（大分県）

椰子の間に今宵も見ゆる蛍哉ペラの音《ね》やみて涼しき十字星

亡き母の写真を秘めて大空に敵をもとめて今日もはばたく

緒方　徹　昭和十九年十二月二十五日、比島ミンドロ島サンホセ飛行場夜間攻撃中自爆戦死。享年二十五歳。海軍大尉。海軍飛行科予備学生第十二期。京都帝国大学出身。（熊本県）

昭和十六年十二月八日（三首）

神かけて皇国《みくに》の末を祈るなり我等のいのち幾重かさねて

我がいのち友らのいのち大君に捧げて守らん大和しまねを

国憂ふ心もなきか名のみなる軍人商売《いくさあきなひ》の奴《やっこ》斬りすてむ

ガダルカナルの悲報に接し（二首）

暗澹と曇りし空の果遠くガダルカナルの島聳ゆるか

南海の涯に沈みし益良雄の赫き血潮ぞ胸に脈うつ

父の七回忌に

我が家の蔭膳想ひ我もまた母の写真に雑煮供へぬ

石南花《しゃくなげ》（千島の基地にて）　昭和十九年六月

いみじくも咲ける花かな北海の霧の流れに匂ひいでつる

辞世　比島出陣　昭和十九年十月

初陣の感激高し我翼国家浮沈の安危かゝれり〔つるぎと歌〕

緒方　襄　昭和二十年三月二十一日、第一神風桜花特別攻撃隊神雷部隊として鹿児島県鹿屋基地を発進、九州南方海面にて特攻戦死。享年二十四歳。海軍少佐。海軍飛行科予備学生第十三期。関西大学出身。（熊本県）

千早振る神の子我と誇もち君につくさむ万世《よろづよ》までに

アッツ島玉砕

大君の命《みこと》かしこみ北海の孤島に消えしその心あはれ

予備学生に志願

耐へ忍び耐へ忍びこし吐け口をこゝに求めてはばたかんとする

偲　父（兄徹の誕生日に）

今一度昔にかへり夕餉をば父と共にて語り食ひたし

兄も行け我も果てなむ君の辺に悉く果てむ我家の風《ふり》（兄は前出の徹）
はばたきて白亜館*上真しぐら玉と砕けむますらを我は
*アメリカ合衆国大統領官邸、ホワイト・ハウス。

辞　世

すがすがし花の盛りにさきがけて玉と砕けん丈夫我れは
死するともなほ死する共吾が魂よ永久にとゞまり御国まもらせ
いざさらば我は栄ある山桜母の御もとに帰り咲かなむ
皇神孫《すめみま》の勅《みこと》かしこみ南海の藻くづと散らむ秋《とき》はこのとき〔つるぎと歌〕

柏井　政吉　昭和十九年四月九日、南太平洋ソロモン諸島ブーゲンビル島モヂゲタにて戦死。享年二十三歳。（熊本県）

家兄に贈る歌（出発前）

すめらぎに仕へまつれるもののふの我がたらちねぞ貴とかりける

出発の際道友《とも》に駅頭にて送る歌

身はたとひ異郷の土に草むすも末は咲かせん山桜花〔つるぎと歌〕

片山　義則　昭和十九年十月十二日、軍艦「大和」に乗組み比島沖海戦にて戦死。享年二十二歳。海軍横須賀兵器学校出身。（熊本県）

青年に言ふ

心鏡曇りは己が身のさびぞみそぎて磨き日々に祈らん

かくなかれ心のみそぎかくなかれすめらみことのほことなる身は

折にふれて

この朝の寒さいちじるし梅の木にとまれる雀ふくらみてゐる

ひとり居てたまごゆでつゝたぎる湯にうごく卵を見つゝあはれむ

篠原　惟則　昭和二十年五月十一日、神風特別攻撃隊第七昭和隊として沖縄海上にて特攻戦死。享年二十六歳。海軍大尉。（熊本県）

現身は南の海に沈むとも魂魄永遠に皇国護らむ

豊住　和寿　回天特別攻撃隊、海軍中尉。（熊本県）

（血　書）

君がため命死すべき軍人となりてのりくむ君ぞ雄々しき

西本　政弘　昭和二十年四月十一日、神風特別攻撃隊建武隊として沖縄県鬼界ヶ島附近にて特攻戦死。享年二十三歳。海軍一等飛行兵曹。海軍甲種飛行予科練習生第十一期。（熊本県）

征く桜残る桜も国の為散るべき春の風な忘れそ

ぜいたくだ花より先と思ひしに又も見て行くあの桜花

松尾　敬宇　昭和十七年六月一日、オーストラリア・シドニー港を特殊潜航艇にて強襲、戦死。海軍中佐。海軍兵学校六十六期。（熊本県）

日曜も遊べざりけりあやかれと神詣でする母を思へば

右の一首、兵学校時代ノートより

散りぎはの心やすさよ山桜水漬く屍と捧げ来し身は〔日本海軍英傑伝〕

松尾　遼夫　昭和十九年十一月二十五日、鳥取県美保海軍航空隊にて猛訓練のため腹膜炎にかゝり戦病死。享年十八歳。海軍予科練習生。（熊本県）

君の為吾等学徒は筆置きてつはものとならん時ぞ今なる〔風日〕

八木　悌二　昭和二十年四月二十七日、回天特別攻撃隊天武隊として特殊潜航艇「回天」に搭乗発進し、沖縄南方にて敵輸送船団に突入、特攻戦死。享年十九歳。海軍中尉。海軍機関学校出身。（熊本県）

幾年を雲湧く阿蘇に住みなして耕す人ぞなつかしきかな
今頃は父母も夢路をたどるらむ今より征くぞ敵轟沈に〔あゝ特攻隊〕

和田山　儀平　昭和十九年十一月十七日、南シナ海の航空母艦上で戦死。享年二十二歳。熊本高等工業高校（現熊本大工学部）出身。（熊本県）

畏きや命かかふり夷《えみし》らをうち攘ふべきときは来にけり
君のためいのち死すともしきしまのやまと島根をとはに護らむ
み国いまだならぬときつはものと召されいで行く何ぞうれしき
吾死なば後につづきてとこしへに御国護れよ四方の人々

甲斐　孝喜　昭和二十年四月十二日、神風特別攻撃隊神雷部隊桜花建武隊として沖縄周辺に特攻戦死。享年十九歳。海軍一等飛行兵曹。海軍乙種飛行予科練習生第十七期。（宮崎県）

大君の醜の御楯と勇み行く九段の庭の戦友を慕ひて
大君の醜の御楯と体当り我が身捧げて皇国護らん〔われ特攻に死す〕

黒木　国雄　昭和二十年五月十一日、陸軍特別攻撃隊第五十五振武隊として鹿児島県知覧基地より出撃、特攻戦死。陸軍中尉。陸軍航空士官学校第五十七期。（宮崎県）

一億の真心胸に仇船へ火玉となりて共に砕けん
神州に仇船《あだぶね》よこすえみしらの生き肝とりて玉と砕けん〔知覧〕
杉本　徳義　昭和二十年四月上旬、神風特別攻撃隊神雷部隊第二建武隊として沖縄にて特攻戦死。海軍一等飛行兵曹。（宮崎県）

身は砕け桜の花と散らうとも霊や皇国《みくに》の空を護らん〔神風特別攻撃隊〕
高崎　文雄　昭和十九年十月二十二日、海軍第二〇一航空隊として比島東方にて戦死。享年十九歳。海軍甲種飛行予科練習生第十期。（宮崎県）

みんなみの雲染む果に散らんともくにの野花とわれは咲きたし〔われ特攻に死す〕
牛島　満　昭和二十年六月二十三日未明、沖縄第三十二軍司令官として八十余日の惨烈を極めた死闘の後、摩文仁岳にて長勇参謀長（一一七頁参照）と刺しちがへて自刃。享年五十八歳。陸軍大将。陸軍士官学校第二十期。（鹿児島県）

秋を待たで枯れゆく島の青草は皇国《みくに》の春に甦らなむ
矢弾尽き天地染めて散るとても魂がへり魂がへりつゝ皇国護らむ〔日本陸軍英傑伝・他〕
尾辻　是清　昭和十九年十一月十二日、神風第三梅花隊、レイテ湾内在泊敵艦に体当り特攻戦死。享年二十三歳。海軍兵学校出身。海軍中尉。（鹿児島県）

身はたとひ菲島の沖に散るとても永久に御魂は御国護らむ

柿元　義雄　昭和二十年五月二十一日、北仏印（現北ベトナム）バクニンにて戦病死。
享年二十一歳。鹿児島高等農林学校出身。（鹿児島県）

大西郷遺訓集を読みて感あり（二首）

命無く名無く金無き人ぞこれ皇国の悩みを永久に救はん

生死は吾にはあらず大君の辺にこそ生きん生命なるかも

いざ征かむ大木の下にひた寄りつ神の子我は銃のさ中に

国を思ふ身もて打ち込む一鍬の刃切れも強し春の日うらら

東雄*の伝記《つたへ》読む日の浅かりし思へばかなし征く日の迫る

＊幕末の勤王歌人、佐久良東雄。

益良雄の深きなげきを身にしめてひたぶる祈る神の御前に〔つるぎと歌〕

西之園　茂　昭和十九年四月二十三日、駆逐艦「天霧」の機関長としてセレベス島近海
に作戦中、触雷。全員退艦を見とどけた上、一人機関科指揮所にて短刀を
以って自刃し、艦と運命を共にする。享年二十七歳。海軍少佐。海軍機関
学校出身。（鹿児島県）

大皇《おほきみ》の八十《やそ》国原は霞こめさす日うら、に春たけにけり

畏きや燦々として照り注ぐ天つ日のもと海平らなり

生き死にのさ中に立ちてすめらぎのみくに思へば悲しからずや

影山氏の『古事記要講』を読みて（一首）

くろがねのみふねの中ゆ神つ代の姿したひて記読《ふみ》む我は

そらみつ大和の国に生ひ繁る醜草焼かむ天の火もがも

太平洋泣き干さん思ひ抑へつゝ眉上げ行かな益良男我は

於トラック島

益良雄は泣かざるものを春島の峯も煙りてさだかに見えず

夢にて影山氏と酒を掬む（一首）

見まく欲《ほ》りわがする師《きみ》とゆくりなく酒掬みにけり夢にはあれど

鉄の上に唯一枚のケンバスを拡げて眠る兵を拝《をろ》がむ

拝洋上旭光（一首）

昇る陽の光あまねく身にうけて神の子吾れが今立てるかも

おほきみの醜のみたての行く道を今ぞ吾も行く心笑みつゝ　〔つるぎと歌・他〕

右の一首、救出にかけつけた機関科兵員が懐中から見出したもので死の直前に書き遺されたものと思はれる。

橋口　武秀　昭和十九年七月十八日、中部太平洋サイパン島にて戦死。陸軍中佐。（鹿児島県）

我もまた名をぞ止めむみよしのの花の下なる壁のほとりに

右の一首、吉野如意輪堂に詣でて

福田　憲海　第三神風第七桜井隊。享年二十一歳。海軍丙種予科練習生第十五期。海軍少尉。（鹿児島県）

降るにつけ照るにつけて思ふかな我が故郷の父母はいかにと

牧　光広　昭和二十年二月二十一日、神風特別攻撃隊第二御楯隊として本邦南方海面にて特攻戦死。享年二十二歳。海軍上等飛行兵曹。海軍乙種飛行予科練習生第十六期。（鹿児島県）

攻撃前夜

いざ征かん明日は御空の特攻隊結ぶ今宵の夢は故郷

来る春の桜と共に靖国の宮に薫らん若桜花〔海軍特別攻撃隊の遺書〕

松村　嘉吉　昭和二十年四月六日、神風（一）八幡護皇隊、沖縄特攻戦死。享年二十五

歳。海軍一飛長。第十一期飛行練習生。（鹿児島県）

辞世

君が代を千代に護れと祈るなり行きて帰らぬ身は梓弓

南西の海に散り行く戦友の後したひ行く靖国の宮

皇国《すめぐに》を思ふ心の血たぎりぬ待つ甲斐ありて今ぞ飛び立つ

大君のみたてとなりて出で行くに後見ん心御代のあけぼの

今日も晴宇佐の空晴れ心よくちりて行かばや大君の辺に

伊舎堂　用久　昭和二十年四月十四日、陸軍特別攻撃隊誠十七飛行戦隊として沖縄県慶良間諸島にて特攻戦死。享年二十六歳。陸軍中尉。功三級。陸軍士官学校第五十五期。（沖縄県）

指折りつ待ちに待ちたる機ぞ来る千尋の海に散るもたのしき

古波津《こはつ》　昇　沖縄県立第一中学校五年。鉄血勤皇隊第一中学校隊生徒。（沖縄県）

遺　書

若桜散るべき時は今なるぞ十九の春に撃ちてし止まむ〔みんなみの巌の果てに〕

小渡《こわたり》　壮一　沖縄県立第一中学校四年。鉄血勤皇隊第一中学校隊生徒。（沖縄県）

身はたとひこの沖縄に果つるとも七度生れて敵亡さん〔みんなみの巌の果てに〕

山城　金栄　昭和二十年五月二十四日、義烈空挺隊員として、沖縄飛行場に強行着陸、斬り込み戦死。（沖縄県）

殉忠の至誠、魂、火玉となつて敵を焼く

外地

光山　文博　陸軍特別攻撃隊第五十一振武隊、陸軍大尉。京都薬学専門学校出身。（朝鮮慶尚南道）

たらちねの母のみもとぞしのばる、弥生の空の春霞かな

富嶽集——戦跡拾遺遺詠集

赤近　忠三　昭和二十年三月、沖縄方面にて戦死。局地防衛隊回天隊白龍隊第十八輸送艦乗組。海軍二等飛行兵曹。海軍甲種予科練習生出身。

両親にかくせしことも君故ぞ今ぞ詑びなむ秋は来にけり
夕空に輝く星も曇なし今宵限りの故郷の空かな
荒波と共に砕けて寄せかへし醜住む国を侵しつくさむ
若桜二度とは散らじ男ならかくこそ散らん玉と砕けて
あづさゆみ征きて還らぬ晴姿育ての親は如何に見るらん
砕けては何をか残さん若桜あとの水煙それとこそしれ
荒波と砕けて散らむ身にしあれど寄せてかへさむ御代の弥栄〔あ、予科練〕

新井　義男　昭和二十年六月三日、陸軍特別攻撃隊第百十二振武隊として沖縄周辺に特攻戦死。享年十八歳。陸軍少尉。

君のため命惜しむな若桜散るべき秋に散つて香ばし

石垣　中尉　陸軍特別攻撃隊として沖縄に特攻戦死。

比ぶなき幸かな我は選ばれて今南海の雲と散り征く

石川　宏　昭和十九年十二月、比島にて戦死。陸軍士官学校第五十六期。

唱ふれば生なく死なく我もなし天皇陛下万歳々々〔陸士五十六期　留魂録〕

石川　潔　陸軍伍長。

此の身をば砕きて燃せ醜艦を我等御国の劔とぞなりて〔よろづよに〕

石川　誠三　昭和二十年一月十二日、回天特別攻撃隊金剛隊として、グアム島海域にて特攻戦死。享年二十三歳。海軍中尉。海軍兵学校第七十二期。

天てらす神の御末の弥栄《いやさか》を拝みまつり花は散りゆく〔海軍特別攻撃隊の遺書〕

石川　徳正　昭和十九年七月、中部太平洋サイパン島にて戦死。海軍少佐。

黒木兄*より血書の国旗を贈られ後夜眠れず

益良雄が皇国《すめくに》思ひの誠心《まごころ》を血に染めなして書きし日の丸

＊特殊潜航艇「回天」の創始者黒木博司少佐（五七頁参照）。海軍機関学校当時共

に風古会を結成し、互ひに切磋を誓ったといふ。

石坂　健郎　昭和十九年十二月、ネグロス島にて戦死。陸軍士官学校第五十六期。

ひんがしの空紅に染まるなりいざ防人の務尽さん〔陸士五十六期　留魂録〕

石野　節夫　昭和二十年四月十一日、神風特別攻撃隊神雷部隊第五建武隊として沖縄にて特攻戦死。海軍二等飛行兵曹。

今日あるはかねて覚悟のあずさ弓敵の母艦に真ン一文字〔神雷特別攻撃隊〕

稲森　実　陸軍兵長。

我は征く願ひの叶ふ御戦のお役に立てる今日の嬉しさ〔よろづよに〕

岩谷　幸七　昭和十九年十二月、オルモック湾上にて戦死。陸軍士官学校第五十六期。

大君のしこのみたてと生れし身などいたづらに朽ち果てぬべき〔陸士五十六期　留魂録〕

内川　九万彦　昭和二十年六月、朝鮮古群山列島上空にて戦死。陸軍士官学校第五十六期。

死も生も唯ひたすらに君が為大和をのこと生《あ》れし嬉しさ〔陸士五十六期　留魂録〕

宇津木　中尉　昭和二十年五月二十四日、義烈空挺隊員として、沖縄飛行場に強行着陸斬り込み戦死。

いかならん事にありてもたゆまぬは我がしきしまの大和魂〔陸士五十六期　留魂録〕

奥山　道郎　昭和二十年五月二十四日、義烈空挺隊長として、沖縄飛行場に強行着陸、斬り込んで戦死、陸士五十三期。

散れや散れ阿波岐ヶ原の若桜散るこそ汝の生命なりけれ

岡田　肇造　昭和二十年五月、中部支那江蘇省にて自爆。陸軍士官学校第五十六期。

嗚呼厳たり大日本の雄姿荒鷲われの心躍る〔陸士五十六期　留魂録〕

大石　四郎　昭和十八年十二月、柏飛行場にて殉職。陸軍士官学校第五十六期。

大君に捧げし命一筋に吉野桜にまけで匂はん〔陸士五十六期　留魂録〕

大河原　良之　昭和二十年一月五日、陸軍特別攻撃隊一誠隊として比島ルソン島に特攻戦死。享年二十二歳。陸軍航空士官学校第五十七期。

あめのしたいへとなさむのみことのりかしこし今日はかしまだちゆく

いざさらばめにものみせんめりけんの空母めがける大和魂

大久保　勲　神風特別攻撃隊第二御楯隊第一攻撃隊。海軍一等飛行兵曹。海軍予科練習生出身。

みいくさのゆくてをはばむ敵あらばうちてしやまむ生のかぎりは〔あ、予科練〕

大谷　邦雄　昭和二十年五月四日、神風特別攻撃隊宇佐八幡護皇隊として南西諸島方面にて特攻戦死。享年二十三歳。海軍少尉。京城帝国大学出身。

たらちねの母のみめぐみをろがみて仇《あだ》の艦群撃ちて砕かん

大森　茂高　昭和十七年十月二十六日、南太平洋海戦にて愛機と共に自爆する。享年二十六歳。海軍少尉。

神在《いま》す国にしあれば美しく散るを惜しまぬ花は咲くなり

大門　少尉

きづなをばたちて飛びゆく白雲の無心の境地は唯機にまかせ

いざ征かむ身をも心も敵艦に月光冴ゆる攻撃の路

大田　実　昭和二十年六月十三日、海軍沖縄方面根拠地隊司令官として、奮戦、沖縄県小禄にて自決戦死。海軍少将。

大君の御はたのもとに死してこそ人と生れし甲斐ぞありける

辞　世

身はたとへ沖縄の辺に朽つるとも守り遂ぐべし大和島根は〔戦史叢書　沖縄方面陸軍作戦〕

折本　敬一　比島リンガエン上空にて戦死。陸軍士官学校第五十六期。

もののふは死ぬも生るもまつろひの唯一筋につらぬきてやまじ〔陸士五十六期　留魂録〕
加藤　和三郎　陸軍八紘特別攻撃隊山本隊。陸軍伍長。

くにおもふ大和心の一すぢは散りて悔なき若桜花
加賀谷　武　回天特別攻撃隊。海軍大尉。

益良男の唯一条に思ふことすめら大帝の弥栄えをば
加来《かく》　止男　昭和十七年六月五日、ミッドウェー海戦にて、航空母艦「飛龍」艦長として奮戦し艦と運命を共にする。海軍大佐。

大君につくすまことのひとすぢは孝の道にも通ふなるらむ
桂　善彦　昭和十九年十二月六日、高千穂空挺降下部隊中隊長として、ブラウエン飛行場附近に於て戦死。陸軍大尉。

あらはさん時は来にけり千早振る神に仕へし太刀のほまれを
川端　一男　陸軍伍長。

天照らす国ぞ護らん只管《ひたすら》にすめら男の子のつとめなりけり〔よろづよに〕
木下　茂　神風特別攻撃隊第二御楯隊第一攻撃隊。海軍少尉。

ながながと育てし我が子大君に捧げし父母の心つよくも〔あゝ予科練〕

木村　節　昭和二十年七月一日、比島レイテ島カンギポット山にて戦死。享年二十三歳。日本大学美術科出身。

出征直前故郷にて

潤ぶれる絆はかなし常陸野の野稗が花のよそひはあれども

戦地より

くらき海くらき眼をもて見つめつつただひたすらに合掌するも〔きけわだつみのこえ〕

倉　雅太郎　陸軍軍曹。

咲けよ咲け万朶と薫れ若桜死してなほ咲け大和男の子よ〔よろづよに〕

栗林　忠道　硫黄島守備隊最高指揮官として昭和二十年二月十九日以来、一か月におよぶ勇戦奮闘の末、三月十七日夜、最後の突撃を敢行。三月二十六日、戦死。享年五十五歳。三月十七日付で陸軍大将に昇進。「愛馬進軍歌」の作詞者である。

国の為重きつとめを果し得で矢弾尽き果て散るぞかなしき

仇討たで野辺には朽ちじわれは又七度生れて矛を執らむぞ

醜草の島に蔓《はびこ》るその時の皇国《すめくに》の行方一途に思ふ

小高　発雄　陸軍伍長。

ひたぶるに御楯と生きん国護るますらたけをとなりて嬉しく〔よろづよに〕

小林　昭二朗　昭和二十年四月六日、神風特別攻撃隊第一護皇白鷺隊として南西諸島方面に特攻戦死。享年二十歳。海軍少尉。

散りぎはは桜のごとくあれかしと祈るは武士の常心なり

小林　克己　昭和二十年四月、帝都防空の為、松戸上空にて戦死。陸軍士官学校第五十六期。

大君の御楯と起ちて空征かば雲むす屍わが願ひなる〔陸士五十六期・留魂録〕

小森　一之　昭和二十年七月二十八日、沖縄海域にて戦死。享年十九歳。海軍予科練習生出身。

海原に神の潮をわきおこし巻きて沈めん醜の敵艦〔あゝ予科練〕

佐々木　隆雄　陸軍伍長。

悠久の大義に生きむ武夫《もののふ》は何処の空の雲を染むるも〔よろづよに〕

榊原　大三　昭和十九年十月一日、ペリリュー島にて戦死。享年三十一歳。海軍軍医大尉。東京帝国大学医学部出身。

出征前夜

あすいゆくわれのほころびつくろはむとたらちねの母はあかりをつけぬ

パラオにて病める折、妻に寄せし歌

デング熱に身体痛めば苦しさについ名を呼びぬ椰子を打つ風〔きけわだつみのこえ〕

坂抜　小太郎　神風特別攻撃隊。海軍飛行予科練習生出身。

若桜嵐の庭に散りゆくも共に会はうよ靖国の庭

父は今神に召されて行くなれど残りし子等よ国を護れかし〔あゝ予科練〕

定森　肇　神風特別攻撃隊第二御楯隊第四攻撃隊。海軍中尉。

御恵みにすくすくのびし二十四年かへしまつらむいのちささげて〔あゝ予科練〕

柴田　敬禧　昭和二十年五月十一日、神風特別攻撃隊神雷部隊第十建武隊として沖縄にて特攻戦死。海軍少佐。

大空に醜の御楯とわれは征く忠義の途を孝と思ひて

空を征く君が男の子のもののふは死して尽くさむ覚悟なりけり〔神雷特別攻撃隊〕

嶋村 中　昭和二十年三月二十一日、第一神風桜花特別攻撃隊神雷部隊桜花隊として本州南方海面にて特攻戦死。享年二十歳。海軍一等飛行兵曹。海軍甲種飛行予科練習生第十五期。

大君の辺にこそ散らん桜花今度咲く日は九段の社《やしろ》〔神風特別攻撃隊の遺書〕

芝崎 茂　昭和二十年三月二十六日、陸軍特別攻撃隊誠第十七飛行隊として那覇西南洋上に特攻戦死。享年二十四歳。中央大学出身。

今年なり今年こそはとおもふなり若き桜と咲き散るこの年

花蓮港の五十嵐さんより石垣島のわれわれに

ガーベラ一輪銘酒白雪を贈らる

ガーベラの色こそよけれ紅のこの島になきその色めでた

おくられしうま酒くみて友とわれかよふ情に酔ひ痴れて泣く

身はたとひ夷艦と共に砕くとも魂魄永く皇国守らん

年のはじめに

去年すでに命死すとおもひきに今ながらへて新春を迎ふ

進藤 俊之　昭和二十年三月、南京にて自爆。陸軍士官学校第五十六期。

大空を天かけ討たん君のため捨つる甲斐ある命なりせば〔陸士五十六期　留魂録〕

杉町　研介　昭和二十年一月五日、比島ルソン島にて戦死。享年二十二歳。陸軍中尉。
陸軍士官学校第五十七期。

南溟に愛機を翔けん何時の日か大和男子と生れ来し身を
大君のみために征かむいくさ人私も捨て何事も捨て
いざ征かむ南の果てに南溟に米英撃滅その日までは

鈴木　重幸　昭和二十年五月二十八日、陸軍特別攻撃隊第五十六振武隊として沖縄周辺
に特攻戦死。享年二十三歳。陸軍大尉。

神ならで此の御聖戦《みいくさ》の決知らず護国の神となりて決せん
ならびなき我がたらちねの姿をば我が胸深く永久に忘れじ
君がため捨つる生命は惜しからで只すめくにのやすさいのらむ

神宮壮行会

何やらん熱き流れがほどばしり涙おとしぬ壮行の日に
筆すてて銃《つつ》をば持つかいくさばへ征け軍神の影をしたひて

高島　昭二　昭和二十年五月四日、第七神風桜花特別攻撃隊神雷部隊攻撃隊として沖縄泊地敵艦船に突入、特攻戦死。享年十八歳。海軍飛行兵長。

咲く花の春の盛りを持たずして嵐に散るも唯君の為

高田　勝重　昭和十九年五月二十七日、ニューギニア島イリアン湾口のビアク島南方海上にて愛機と共に自爆。陸軍少佐。陸軍士官学校第四十七期。

六度散り七度咲きて醜鷲をわれ撃ちやまむ大君のため

右の一首、自爆寸前の作といふ。

高野　次郎　昭和二十年五月十一日、第八神風桜花特別攻撃隊神雷部隊桜花隊として沖縄にて特攻戦死。海軍少佐。

たらちねの母の教を守りつゝ敵艦と共にわれは散り征く

大君の醜の御楯と吾は征く男子と生れし幸を笑みつゝ

皇国《すめくに》よ悠久《とは》に泰かれと願ひつゝ桜花と共に靖国に咲く〔神雷特別攻撃隊〕

田上　初治　昭和二十年四月十日、神風特別攻撃隊第四御楯隊として特攻戦死。享年二十三歳。海軍一等飛行兵曹。海軍特丙種飛行予科練習生第十一期。

今日の日を待ちて磨きし此の技倆いざ散り征かむ君の御ために〔海軍特別攻撃隊の遺書〕

田中　公三　昭和二十年四月十二日、神風特別攻撃隊第二七生隊として南西諸島方面にて特攻戦死。享年二十四歳。海軍少尉。日本大学出身。

辞　世

空征かば雲染む屍大君の御楯となりて我は行くらむ〔海軍特別攻撃隊の遺書〕

武石　深雄　陸軍伍長。

限りある生命捧げて限りなき皇国の御楯と我も加はらん

限りなき国に捧げて悠久の大義に生きん武夫われは〔よろづよに〕

竹田　源三　昭和二十年五月二十八日、陸軍特別攻撃隊第四三二振武隊として沖縄に特攻戦死。陸軍伍長。

いざ征かん御楯と薫れ桜花雲むす屍と咲くぞ雄々しく〔よろづよに〕

宅野　海軍上等飛行兵曹　震洋特別攻撃隊。

のべに咲く花のしたはのあさつゆのきよき誠は更にかはらじ

長　勇　昭和二十年六月二十三日未明、沖縄戦の最後、牛島満司令官（九九頁参照）と共に摩文仁岳にて自刃。享年五十一歳。沖縄三十二軍参謀長。陸軍中将。

大君の盾となる身の感激は唯ありがたの涙なりけり〔沖縄の最後〕

右の一首、昭和十三年の作。

辞　世

醜敵締帯南西地　飛機満空艦圧海

敢闘九旬一夢裡　万骨枯尽走天外

醜敵南西の地を締帯す　飛機は空に満ち艦は海を圧す

敢闘九旬は一夢の裡　万骨枯れ尽し天外に走る

都竹《つたけ》　正雄　昭和十七年六月一日、オーストラリア・シドニー港を特殊潜航艇にて強襲、戦死。海軍兵曹長。

一億の人に一億の母あれど我が母に優る母あらめやも〔日本海軍英傑伝〕

田辺　泰次郎　陸軍少尉。

皇国の嵐を防ぐ花なれば若き桜は潔く咲く

徳永　真儀　陸軍兵長。

風吹かば今にも散らむ白鷺の里の桜は心待ちしぬ〔よろづよに〕

床尾《とこを》　勝彦　昭和二十年四月一日、神風特別攻撃隊忠誠隊として、南西諸島方面にて特攻戦死。享年二十三歳。海軍中尉。海軍兵学校第七十二期。

かへらじとかねて思へば梓弓積る思ひを討ちて晴らさん〔海軍特別攻撃隊の遺書〕

中島　健児　昭和二十年二月二十日、震洋特別攻撃隊（ベニヤ板製の一人乗りモーターボートの先端に炸薬を積み込んだ「震洋」による特攻）として、比島マニラ湾口コレヒドール島にて特攻戦死。享年二十三歳。海軍中尉。海軍兵学校第七十二期。

国思ふ我が真心は梓弓弦を放れし矢の一筋に

父の訃報に接し

父はよし永の旅路に出づるとも我は磨かむ已がほこさき〔海軍特別攻撃隊の遺書〕

永田　吉春　昭和二十年五月四日、第七神風桜花特別攻撃隊神雷部隊桜花隊として沖縄方面にて特攻戦死。享年十九歳。海軍一等飛行兵曹。海軍乙種飛行予科練習生。

打捨てき此の世の未練なきものと夢にぞ想ふ父母の顔

右の一首、出撃前夜の作。

嵐吹く庭に咲きたる神雷の名をぞとどめて今日ぞいで征く

右の一首、出撃の朝の作。

巣立ち征く南の空に海鷲が帰るねぐらは靖国の森

すだち征くやよひの空に今日も又帰らぬ友は微笑みて征く

国の為若き生命に花咲かせ玉と砕けん大君の辺に〔海軍特別攻撃隊の遺書〕

内藤　善次　昭和二十年四月、沖縄にて特攻戦死。陸軍士官学校第五十六期。

いざ行かん逆まく怒濤のり越えてあだども討たん南に北に〔陸士五十六期　留魂録〕

中西　達二　昭和二十年四月十二日、神風特別攻撃隊常盤忠華隊として沖縄県慶良間《けらま》諸島にて特攻戦死。享年二十三歳。海軍中尉。海軍兵学校第七十二期。

散る桜残る桜も散る桜散つて護国の花と惜しまん

嵐吹けば蕾桜も惜しからず手折りて捧げむ大君のため

仇《あだ》しふねうち沈めてぞ地獄なる鬼にあたへむわが手土産を

すめろぎの大和島根よ安かれと南海深く身は沈みつつ〔海軍特別攻撃隊の遺書〕

中別府　重信　昭和二十年四月十六日、神風特別攻撃隊第七建武隊として沖縄方面にて特攻戦死。享年二十三歳。海軍二等飛行兵曹。海軍丙種飛行予科練習生第十六期。

この日をばかねて覚悟の重信が桜花とは母も泣かなん

中森　孝敏　昭和二十年一月八日、陸軍特別攻撃隊精華隊として比島に特攻戦死。享年二十四歳。拓殖大学出身。

国の為清く咲き征け若桜国の嵐を誰か鎮めむ
大君の御旗の下に散ってこそ日本男児の甲斐はありけり
西村　敬一　昭和十九年十二月、比島にて戦死、陸軍士官学校第五十六期。
生もなし死もなし吾が身わが心すめらみためと唯一筋に〔陸士五十六期　留魂録〕
馬場　洋　昭和二十年四月九日、陸軍特別攻撃隊第四十二振武隊として沖縄周辺に特攻戦死。享年二十一歳。陸軍大尉。
君の為尽せと育てし両親は此世にも無き宝なりけり
忠の道孝の道をも踏み得たる我は天下の果報者なり
身は例へ愛機もろとも砕くとも打ちてし止まん七世に生れて
蜂須　次郎　昭和十九年十二月、セレベス島に戦死。陸軍士官学校第五十六期。
みいくさの先鋒となり進む身の棄つるはやすし大君の為〔陸士五十六期　留魂録〕
平田　敏彦　昭和十九年九月、マニラ湾上にて戦死。陸軍士官学校第五十六期。
君のため命捧げんますらをが討ちてしやまん国つ仇をば〔陸士五十六期　留魂録〕
広森　達郎　昭和二十年三月、沖縄にて特攻戦死。陸軍士官学校第五十六期。

水漬くも燃ゆるも何をか悔いざらん君に捧げし命なりせば〔陸士五十六期　留魂録〕

藤村　勉　昭和二十年四月六日、神風特別攻撃隊第一護皇隊として沖縄方面にて特攻戦死。享年二十一歳。海軍二等飛行兵曹。海軍乙種飛行予科練習生第十八期。

咲く桜風にまかせて散りゆくも己の道ぞ顧みはせじ〔海軍特別攻撃隊の遺書〕

古山　圭三　昭和二十年一月、バレイ海峡にて散華、陸士五十六期。

同期我ら深きえにしを尊みて共にぞ固めん空のみたてを〔陸士五十六期　留魂録〕

本多　恵一　昭和二十年四月、帝都防空に従事、大宮市上空にて散華。陸軍士官学校第五十六期。

このかばね炎となしつ大君の仇打ち払はん時ぞこの時〔陸士五十六期　留魂録〕

前田　光久　昭和十九年十二月、マニラ上空にて自爆戦死。陸軍士官学校第五十六期。

空ゆかば玉散る屍大君のみたてとは散れのどには死なじ〔陸士五十六期　留魂録〕

棟方　少尉　昭和二十年五月二十四日、義烈空挺隊員として、沖縄飛行場に強行着陸、斬り込み戦死。

君が代は千代万代とゆく春も匂ひ忘るな若桜花

村山　光一　昭和十九年十二月二十日、比島にて戦死。享年二十一歳。陸軍少尉。

大君の御楯となりて天翔る南のそらにたとひ散るとも
本道　幸男　陸軍伍長。

君がため散れよと我を生みし我が母人の尊かりける〔よろづよに〕
松井　浩　昭和十九年十二月五日、陸軍特別攻撃隊鉄心隊隊長として、比島・レイテ湾東方サルファン島西方海上にて特攻戦死。享年二十四歳。陸軍中尉。

海山の親の御恩を大君に捧げ尽くして天翔け征かん
松枝　義久　昭和二十年二月十四日、比島コレヒドールにて戦死。第十二震洋隊長。海軍中尉。

たのしみは彼方の空の紅をたゞ一すぢに思ひ込むとき
松永　篤雄　神風特別攻撃隊第十二航空戦隊二座水偵隊として特攻戦死。海軍二等飛行兵曹。海軍甲種飛行予科練習生第十三期。

悠久の大義に生きん若桜只勇み征く沖縄の空〔海軍特別攻撃隊の遺書〕
都所《みやこ》　静世　回天特別攻撃隊金剛隊。海軍少佐。

君がため死すべき秋《とき》に生れける己が命をなど惜むべき
宮内　敬二　昭和二十年四月十四日、第四神風桜花特別攻撃隊神雷部隊桜花隊として南西諸島方面にて特攻戦死。享年二十一歳。海軍一等飛行兵曹。

身はたとへいづくの空に果つるとも君の御楯と散るぞうれしき

宮崎　勝　昭和二十年五月四日、神風特別攻撃隊第五神剣隊として南西諸島方面にて特攻戦死。享年二十歳。海軍二等飛行兵曹。海軍飛行予科練習生第三十八期。

益良夫の怒ひとゝきに裂けてとぶ特攻の轟火柱の海

森田　喜一郎　陸軍軍曹。

うちうちて撃ちてし止まむえみしめら御国戦と我ゆくからは〔よろづよに〕

山本　卓美　昭和十九年十二月七日、陸軍特別攻撃隊勤皇隊隊長として、比島レイテ島オルモック方面にて特攻戦死。陸軍中尉。

七たびも生れかはりて守らばやわが美しき大和島根を

わが後につゞかむ者の数多あればとはにゆるがじ皇御国《すめらみくに》は

横瀬　健一　沖縄方面にて戦死。青山学院専門学校（現青山学院大学）出身。学徒出陣。

咲くときのものの数には入らねど散るにはもれぬ我が身なりけり

吉田　雄　昭和二十年五月十一日、神風特別攻撃隊第九銀河隊として沖縄方面にて特攻戦死。享年十七歳。海軍一等飛行兵曹。

大君の為捧げし我が生命散りてぞ香る特攻の華

森　稔　昭和二十年一月十二日、グワム島アプラ港にて特攻戦死。享年十八歳。回天特別攻撃隊金剛隊。海軍二等飛行兵曹。海軍甲種飛行予科練習生。

大君の御楯となりて征かむ身の心の内は楽しくぞある〔われ特攻に死す〕

山本　敏彰　昭和二十年四月、帝都防空にて戦死。陸軍士官学校第五十六期。

みこともちたしなみゆかんまごころのつよきをつくせ股肱の我は〔陸士五十六期　留魂録〕

渡辺　利久　昭和二十年五月二十四日、義烈空挺隊副隊長として、沖縄中飛行場へ出撃、強行着陸、斬り込み戦死。陸軍中佐。

かねてより祈りし時に今会ひて心の中ぞうれしかりける

詠人知らず（一）

けふ咲きてあす散る花の我身かないかでその香を清くとゞめん

右の一首、第一航空艦隊司令長官大西滝治郎中将が「神風特別攻撃隊員詠」と頭書して短冊に書き留められてゐたもの。

詠人知らず（二）

君が代を永遠《とは》に安けき御戦よ硫黄の島に屍さらして

大稜威《おほみいつ》大海原に押しひろむ硫黄の島ぞ固く護らむ

醜草は刈りつくさめや絶ゆるまで硫黄ヶ島に銃とり撃たむ

硫黄噴く島の岬に立ちぬれて皇国《みくに》の栄けふも祈りぬ

一髪を留めずとても悔やある敵の戦車に体当りせむ

右の五首、硫黄島玉砕将兵の遺詠

詠人知らず（三）

散りて行く我が身は更に惜しまねどただ思はるる国の行くすゑ〔われ特攻に死す〕

詠人知らず（四）　昭和十九年十二月五日、南サンフェルナンドの空挺隊、出撃の後、板壁に書き遺されたる。

花負ひて空射ち行かん雲を染め屍《かばね》悔なく我等散るなり

北海道地方

松籟集――殉死者遺詠集

伊東 義光　昭和二十三年十月四日、セレベス島マカッサル市キイス兵営獄舎にて殉難。
享年三十一歳。憲兵曹長。

ひたすらに吾を待つらむふるさとの冬枯寒き母の念《おも》ひや

大野 肇　昭和二十一年六月十四日、比島ルソン島マニラにて殉難。陸軍大尉。

戦友《とも》ら眠る南呂宋*にわれ散るも七度生れて神州を起さむ

*フィリピン・ルソン島のこと。

田口 泰正　巣鴨にて殉難。享年二十九歳。

大八洲《おほやしま》すさぶ嵐に散る桜花《あうくわ》春めぐりなば清く咲くらむ

栲《たく》縄の生命《いのち》たもちて新年をふたゝびこゝに言祝がむとは

たまさかの戸外散歩よりもどり来て房の暗さをまざまざと見し
水をかへ霧吹きやりし紫の矢車草は見つゝ飽かなく
書《しょ》につかれ見上ぐる窓の風にそよぐうすくれなゐの蝦夷菊一輪
赤とんぼなべてつがへるこの朝天空ふかく澄みまさりつゝ
旗雲をあかねに染めて大き日は街《ちまた》の果にいま落ちむとす
何をしてもまとまり一つつかぬ日の昏れゆけばはやい寝むとぞする
手造りのエヴァシャープの感触を試みるごとくもの書きはじむ
残飯に歯磨粉《こな》を練りまぜて煙草のパイプつくりゐる囚友《とも》
いきほひて語りゐたるに赤潮のプランクトンの名を思ひ出ださず
あくまでも妥協はせざりきしかすがに昂りゐたる吾とし思ふ
疲れ来てもうこれ以上はと思ひしが残る二枚を写し始めぬ
「神経痛は早く癒さにゃ」と背の凝りを揉みくるる君の容赦なき力
口すすぐ水に映れるわが顔は生命あふれて耀ふものを
この朝け熟睡《うまひ》ゆ覚めしたまゆらにまつはり来る暗き死のかげ

十年を消息《たより》たえゐし師の短歌囚屋の古き図書に見出でつ
能登の海に放流したりし鱈の稚魚三年《みとせ》はすぎて育ちにけむか
家郷《ふるさと》の前の岡野《ぬ》の道のべに咲き匂ひゐし蝦夷菊を思ふ
執行の予感に私物整理しゐたるとき投げこまれたる母の手紙よ
まとまりし病中詠なれど父母に書き送るのはやめむと思ふ〔歌集「巣鴨」より〕

平手　嘉一　昭和二十一年八月二十五日、東京巣鴨にて殉難。享年二十九歳。陸軍大尉。
大阪外事専門学校（現大阪外語大学）出身。

目ざむれば窓白々と凍《い》てつきて夢にはあらずわれはひとやに
この室に生けるものはも二つあり我れと我が虫通ふ心地す〔平和の発見〕

福原大尉に捧ぐ

心あらばしげくも啼くか夜半の虫人のゆくてふ今宵ばかりを
生くるより死ぬるがましと隣人の語らふ声はわが耳をうつ
いかにとも甲斐なき身には今日もまた壁にむかひてひとりわめきぬ
見るまじと思ひし人の写真《うつしゑ》をつばらにも視る心きまれば

求めてもつくることなき道をもとめとぼしき命なげくおろかさ
世のことは空しきものと知りそめて父の手紙に泣かじと思ふ
殉国の血もてかざらむすめ国の今し新たにひらけ行く時
かねてより待ちつゝありし母上のみ許にまゐる今日のうれしさ〔歌集「巣鴨」〕

三樹　寛　昭和二十二年十二月三十日、蘭印（現インドネシア）グロドックにて殉難。

丹沢の嶺の白雪仰ぎつつ父と麦踏むことも夢なれ
いとけなき子等をはぐくむ吾が妻は吹く木枯にいかにありなむ
霜柱踏みつゝ母は暁の社《やしろ》に吾を祈りてぞあらむ吾がうつしゐに
現身《うつしみ》のあまれる命一本の煙草くゆらす今日のたまゆら

東北地方

板垣　征四郎　昭和二十三年十二月二十三日、東京・巣鴨にて殉難。享年六十四歳。支那派遣軍総参謀長、朝鮮軍司令官等を経て、終戦時は第七方面軍司令官。

陸軍大将。陸軍士官学校第十六期。〔岩手県〕

とこしへにわが国護る神々の御あとしたひてわれは逝《ゆ》くなり
なつかしき唐国人《からくにびと》よ今もなほ東亜のほかに東亜あるべき
大神のみたまの前にひれ伏してひたすら深き罪を乞ふなり

子供へ

誠もてみくにのためにつくすとき父は必ず御身らとともに〔平和の発見〕

佐藤　源治　昭和二十三年九月二十三日、蘭印ジャワ島ツビナンにて殉難。享年三十二歳。陸軍曹長。〔岩手県〕

戦死なら憂ひもせずと父の文如何に答へん言の葉もなし
まかなしき父と語らふ独房の夢路を破る監視兵の靴音
降りつのる雪の故郷の駅頭の生き別れせし十有二年〔戦歿農民兵士の手紙〕

一条　実　昭和二十四年三月十日、スマトラ島メダンにて殉難。享年三十五歳。憲兵少佐。〔宮城県〕

従容と善処すべしとのたまへる我が垂乳根《たらちね》の文にむせびつ

加賀　和元　昭和二十二年四月二十八日、ソヴィエト連邦ウズベク共和国アングレン収容所にて作業中列車事故により重傷を負ひ、戦友の無事帰還を祈念し、「天皇陛下万歳」を唱へて絶命。享年二十六歳。陸軍少尉。満州国軍官学校出身。陸軍士官学校第五十八期。（宮城県）

力無しと泣きにし我をそれのみが力と云ひしともどちの声

兄も征で弟も召され故郷《ふるさと》に老いし父母如何在《いま》すらむ

楠のふかきかをりを身にしめて七たび死なんすべらぎの辺に

楠のふかききかをりはとことはにわが行く道のしるべなりけり

ゆく春にひたに祈りてますらをはやまとざくらと散りにけるはや

君がためみたてとなりしつはものをしのびてけふは宮にぬかづく

絶　詠（ソ連アングレン収容所にて）

死ぬべしと思ひ定めてなほ死ねず今日このごろの淋しきわれかも〔つるぎと歌〕

五十嵐　孫三郎　昭和二十二年五月十二日、南部支那・広東にて殉難。享年四十一歳。憲兵大尉。（福島県）

悠久の大義に生くる身なれども科《とが》なき罪は負ふべくもなし

国の為散るべき秋《とき》に散らずしてあだに散り行く山さくら花

【遺言書より】

一切牽強附会全くの捏造なり。之が敗戦国民の負ふべき責任とは断ずる能はず。軍人は命を惜むものに非ざるも斯る犬死すべきものには非ざるべし。

緑川　寿　ビルマにて殉難。享年二十三歳。（福島県）

我も亦なき数に入る名をとめて南の果に散るぞうれしき〔歌集「巣鴨」〕

幕田　稔　巣鴨にて殉難。享年三十一歳。（山形県）

高塀を遠く離れて東京の午ちかき空鳶の舞ふ見ゆ

網の目ゆ朝光《かげ》させば窓に置く鶏頭の種子《たね》ときをりこぼる

暗き日は千尋の沼の底深く心沈みて吾が黙し居り

二月を住みゐし房を移り来ぬ紙のコップを棚に忘れて

最后《つひ》の日まで図書の整理をつゞくるは我に残されし幸福とぞ思ふ

岩蔭の深山椿が幽けくも地に落つるごと吾は死なむか〔歌集「巣鴨」〕

関東地方

棚谷　寛

昭和二十年八月二十五日、東京・代々木ケ原にて大東塾（影山正治塾長・昭和十四年設立の思想団体）十四烈士の一人として自刃。享年二十四歳。国学院大学興亜専門部出身。（茨城県）

うつそみのかなしみにたへずわが母をひとりもだしてしみじみおもふ

時ならぬ氷雨《ひさめ》に濡れて堪へつゝも散らむ日をまつ花哀れなり

今更にかくもこゞしきこの道を思ひつゝゆくますらを吾は

病み給ふ母によりそひその腰を悲しみもみてわがゐたりけり

虫の音のこゝだかなしも今宵わがますらをのいのちしみじみ思ふ

辞世

ほのぼのと宵明けそむる頃ほひに太刀の清《さや》けくたゞ逝かむとす

あなかしこ皇御国《すめらみくに》改めの大きみ祭りに仕へんと思へば

国正に危かる秋永久《ときとこしへ》にみかど守りと出征《いでた》つ吾は〔つるぎと歌〕

土屋　寛　昭和二十年八月十八日、朝鮮・平壌にて自決。享年二十四歳。陸軍軍曹。飛行十六戦隊。陸軍航空学校出身。（群馬県）

爆音に消ゆる定《さだめ》の身にあれどいや伸び行けよ日の本の国

池葉　東馬　昭和二十一年八月十二日、南太平洋ニューブリテン島ラバウルにて死刑執行の直前に自決。享年四十九歳。陸軍大尉。猛一〇三七五部隊長。真岡中学校出身。（栃木県）

名も知れぬ草にはあれど島の辺に朽ちても残る大和心根《こころね》

つみなきにつみにとはれてみんなみのしまのひとやにこらをしおもふ〔世紀の自決〕

【遺書より】
予ハ一方的不合理ナル裁判ノ判決ニ対シ鮮血ヲモツテ抗議スルモノナリ。

上野　千里　昭和二十四年三月三十一日、グァム島にて殉難。享年四十三歳。海軍軍医中佐。（栃木県）

浮雲の旅にしあれどひとすぢに人を愛せし我なりしかな

【手紙より】
愛する妻子を捨て、愛する老母を捨てても、私には捨てられぬ日本人の魂があった。

【遺書中五人の子に遺す言葉より】

母ノ言葉ノ中ニ父ノ遺志アリ。サレド特ニ父ヲ見ントセバ神ヲオソル丶ノ人タレト此処ニ云ヒ遺サン。……愛スル吾子ヨ、男ハ男ラシク、女ハ女ラシクスクスク伸ビヨ。
シカシテ世ノ正義ノ為、真ノ愛ノ為、美シキ祖国ノ再建ニ挺身サレヨ。

黒沢　次男　上海にて殉難。享年三十歳。(栃木県)

あやふかる命なれどもおほらかに生きむと思ふ朝のさやけさ
朝なさな東の方に額けばいはけなくして心満ち足る
今日か明日かと胸をののかす死刑囚我もまじりて其の中に在り
花菖蒲咲きにし庭にたゞ一人帰らぬ吾を母は待つらむ
武夫の踏むべき道は多けれどこの犠牲と散るも道なり(歌集「巣鴨」)

発生川《けぶかは》　清　ビルマにて殉難。(栃木県)

しみじみと故国《くに》の父母しのべよと夜もすがらなく秋虫の声(歌集「巣鴨」)

鈴木　明　昭和二十二年五月六日、南部支那・広東にて殉難。憲兵軍曹。(栃木県)

此処にして正義なきかと雄叫《をたけ》びて夢醒む頰に涙つめたし
如何ならむ罪に堕《お》つとも天地《あめつち》に恥づるものなき我が歩みかも

茂呂　宜八　昭和二十年八月二十二日朝、東京・愛宕山にて尊攘義軍（終戦直前、憂国の青年有志により形成された思想団体）十士の一士として、同志九名と共に相擁して「聖寿万歳」を唱へ、手榴弾をもつて自爆。享年三十二歳。明治大学出身。（栃木県）

辞　世

生きかはり死にかはりつつ国まもる生命《いのち》つたへよ山のそよ風
愛宕山そよ吹く風は桜田の誉れ伝ふる永久《とは》の神風（尊攘義軍玉砕顚末）

【遺書より】
建国以来の国難に当り坐視する能はず、討奸《たうかん》の義旗を翻《ひるがへ》し候。事志と違ひ憤りを後覚志士の奮起に托し莞爾として散花仕り候。

茂呂　かよ子　昭和二十年八月二十七日朝、さきに自決された夫君茂呂宜八氏の後を追つて、同じ愛宕山上にて他の一夫人とともに自決。享年二十九歳。（栃木県）

すめ国に生をうけたるをみなわれ女の道を守りて行くなり
をみなわれ行きて守らん同志等と国のいやさか永久《とは》に祈らん
死にませし君のみあとをしたひつつ我もゆくなり大和をみなは

国守る君と行きますをみなわれ捨ててかひある命なりせば
今宵また吹くか神風愛宕山永久に伝へよ大和だましひ〔尊攘義軍玉砕顚末〕

木村　兵太郎　昭和二十三年十二月二十三日、東京・巣鴨にて殉難。享年六十一歳。終戦時ビルマ方面軍最高指揮官。陸軍大将。陸軍士官学校第二十期。（埼玉県）

現身《うつしみ》はとはの平和の人柱七たび生れ国に報いむ〔平和の発見〕

長島　秀男　昭和二十年八月二十一日、福岡市郊外油山にて自決。寺尾少尉が介錯にあたつた。海軍技術中佐。航空本部九州海軍監督部。（埼玉県）

吾等めづる瑞穂《みづほ》の国を夷《えみし》等の汚す企《くはだて》くじかで止むべき
敵空母襲ひて散りし真友の手柄夢みてさめて涙す〔世紀の自決〕

村岡　朝夫　昭和二十年八月二十五日、東京・代々木ケ原にて大東塾十四烈士の一人として自刃。享年二十九歳。（埼玉県）

御濠辺《みほりべ》を吹く涼風に憩ひつゝ母と語りぬすめくにのこと
　　家を出づる最後の昼ごはん
母と食すすしは祝の心地してうましうましと平げにけり

最後に淳ちゃんの顔をみて

弟《はらから》のしらぬ心を思ほへば唯々泣きて祈るのみなり

国の為命を捨てし吾が子ぞと強く生きませ母のみことよ

辞　世

まどひまどひて遂に来しはも此の道を今は安らに行き行き行かむ〔つるぎと歌〕

飯島　与志雄　昭和二十年八月二十二日朝、東京・愛宕山にて尊攘義軍の一士として同志と共に手榴弾をもって自爆。享年三十五歳。国学院大学出身。（千葉県）

辞　世

一脈の正気留めて日の本の誇りと共に我は砕けつ

神州の不屈を示す此の正気継ぐ人あらば思ひ残さじ〔尊攘義軍玉砕顚末〕

菅沢　亥重　昭和二十三年七月三日、東京・巣鴨にて殉難。享年五十七歳。陸軍大佐。（千葉県）

絶　筆

水泡の如く我が身は消ゆるとも魂魄《こんぱく》のこり汝を守らむ

進むべき道さまざまにあるときは正しく選べいやちゐみがき〔平和の発見〕

宮崎　良平　昭和二十三年十一月十八日、スマトラ島メダンにて殉難。享年四十五歳。
陸軍大尉。（千葉県）

老いの身を日々神殿にひざまづきお百ど踏める母を夢見る

市川　正　昭和二十二年八月二十六日、南部支那・広東にて殉難。享年四十二歳。憲兵
大尉。（東京都）

そのかみのもののふの如く我もまた死の宣告を微笑みて受く

近衛　文麿　戦犯に指名され、出頭の当日、昭和二十年十二月十六日未明に自決。元内
閣総理大臣。（東京都）

越え来れば碓氷《うすひ》の峠きはまりて夕風涼し信濃高原

沢　栄作　昭和二十二年六月二十五日、南部支那・広東にて殉難。享年五十四歳。陸軍
大佐。（東京都）

回天偉業覆根底　丈夫今日云何事
笑消流花橋畔露　青山白雲無尽時
回天の偉業根底を覆す　丈夫今日何事をか云はん
笑って流花橋畔の露と消ゆ　青山に白雲尽くる時無し

君のため国の為にと戦ひしいくさ人らになど科《とが》やある

我が魂は永久に消えまじはらからと共に励みて平和来むまで　鈴木　喜代司　ビルマにて殉難。（東京都）

〔歌集「巣鴨」〕

散る花も落つる木の実も心なきさそふはたゞに嵐のみかは　東条　英機　昭和二十三年十二月二十三日、東京・巣鴨にて殉難。享年六十五歳。内閣総理大臣、陸軍大臣、陸軍参謀総長等を歴任。陸軍大将。陸軍士官学校第十七期。（東京都）

巣鴨獄中にて

絵踏して生くるもくやし老桜散るとき知れや風誘ふまゝ

幽明の境を越えて泰《やす》かれと共にいのらん心のどかに

続くものを信じて散りし男の子らに何と答へん言の葉もなし

国民の痛む心を思ひては散りても足らぬ我が心かな

人の道辿る歩みの栞《しをり》にと守れよ固く忍　愛　誠　慮

例へ身は千々にさくとも及ばじな栄えし御世を堕せし罪は

さらばいざ苔の下にてわれまたむ大和島根に花かをるとき

苔の下待たるゝ菊の花ざかり

【遺言抄】開戦当時の責任者として敗戦のあとをみると、実に断腸の思ひがする。今回の刑死は個人的には慰められてをるが、国内的の自らの責任は死を以て贖へるものではない。しかし国際的の犯罪としては無罪を主張した。
印度の判事には尊敬の念を禁じ得ない。これを以て東亜諸民族の誇りと感じた。
今回の戦争に因りて東亜民族の生存の権利が了解せられ始めたのであつたら幸である。

服部　素善　昭和二十三年十二月七日、ボルネオ島バリックパパンにて殉難。海軍技術大尉。（東京都）

みむろつくいやひこやまゆはつひさすあたらしきみよいやさかえあれ

日高　己雄　昭和二十二年四月十七日、シンガポール・チャンギーにて殉難。享年五十三歳。陸軍法務少将。（東京都）

玉の緒の切るるきはまで憶《おも》ふかなすめらみ国の春は如何にと

右の一首、元憲兵曹長伊東義光氏の遺書の中に書留められたもの。

吉田　豊　昭和二十二年四月十日、モルッカ諸島アンポン島にて殉難。享年三十一歳。陸軍曹長。（東京都）

此の晨《あした》　露朱《あけ》に染む我が血潮

仇には染めじ　紅《くれなゐ》の誠心《まごころ》染めむ
皇御国《すめらみくに》の弥栄《いやさか》や

君見ずや露紅に染む我が血潮その紅ぞ御国護らむ
和栗　和英　昭和二十年八月二十二日朝、東京・愛宕山にて尊攘義軍の一士として、手榴弾をもつて自爆。享年十九歳。安田商業学校出身。（東京都）

賊徒知れ日本《につぽん》男子此処にあり大和魂永久《とは》に輝く
渡辺　祐四郎　昭和二十年八月二十三日、皇居前広場にて日比野一以下十二士の明朗会（戦時中東京で活躍した思想団体）集団自決の一士として自決。（東京都）

すめろぎのしろしめす国墓ひつつあやめもわかぬ闇路をぞ行く
踏み迷ふ死出の旅路をもどり来て護らでやまじすめらみくにを
井上　乙彦　巣鴨にて殉難。享年五十歳。（神奈川県）

天づたふ陽は照らせれど露霜のまだひぬ杉葉こゝだたまれる
処刑なき四週間のすぎゆけばまた兆しくる一縷の希望
三成の最後思ひてあと幾日生くらむ腹をいたはりてをり

「笑つて行く」と署名してある壁文字を遺書かく棚のわきに見出でし

しもやけの手が痛むとふわが妻のながきたよりをひろひ読みつゝ、

帰りゆく妻の肩まで丈のびしオカッパ髪の吾娘《あこ》をかなしむ

一年を秘めゐし覚悟春されば過ぎにし如く妻に語りぬ〔歌集「巣鴨」〕

清水　辰夫　シンガポールにて殉難。〔神奈川県〕

甲斐男児われ昭南に朽つるとも魂とこしへに祖国守らむ〔歌集「巣鴨」〕

松岡　憲郎　巣鴨にて殉難。〔神奈川県〕

断頭の台に進みて君が代のいやさか禱れば心澄むあり〔歌集「巣鴨」〕

柴野　忠雄　昭和二十三年十一月六日、巣鴨にて殉難。享年三十一歳。陸軍軍曹。〔神奈川県〕

秋晴の空より清き心もて我は一人我が道を行く〔平和の発見〕

中部地方

青木　勇次　巣鴨にて殉難。（新潟県）

秋づけばいのちかなしも夕ぐれのひとやに吾は古きふみよむ

三六一病院にてショック療法をうけて

電撃をまたも頭に当てむとす殺せ殺せとわめき倒れぬ（歌集「巣鴨」）

阿部　一雄　昭和二十一年十月十九日、南太平洋ニューブリテン島ラバウルにて殉難。享年三十九歳。陸軍大尉。（新潟県）

天地《あめつち》に我をたよりの妻や子は今日のおとづれ何と聞くらん

鈴木　賞得　巣鴨にて殉難。（新潟県）

活けかへし紅うすき蝦夷菊の窓にゆれつゝ昼《ひる》たけにけり（歌集「巣鴨」）

谷川　仁　昭和二十年八月二十二日朝、東京・愛宕山にて尊攘義軍の一士として同志九名と共に相擁して「聖寿万歳」を唱へ、手榴弾をもつて自爆。享年三十二歳。（新潟県）

ますらをの悲しき願ひ相受けて男の子われらぞたたかひゆかん

獄中作（三首）

瓢《ひさご》を売る旅の軒場に酒好む友を思ひて瓢買ふわれは

眼を閉ぢて静かに坐り戦ひのあとを思へば堪へがてぬかも
われを待ち雄々しく生きむと吾妹子《わぎもこ》は生活《たつき》のことを言ひて帰れり
囚屋《ひとや》なる暗き窓べに師が黙《もだ》す憂ひの瞳せつなく思ほゆ
秋の夜をまづしくあれど妹《いも》のさす酒にほろ酔ひ歌よむわれは
燃ゆる火の火中《ほなか》に立ちて嬢《ひめ》問ひし日本武尊《やまとたけるのみこと》思ほゆ
人の子の憂ひを言はずひたすらに悲願に生きんますらをわれは〔つるぎと歌〕

吉野　康夫　昭和二十年八月二十五日、東京・代々木ケ原にて大東塾十四烈士の一人として自刃。享年二十三歳。（新潟県）

故郷《ふるさと》の氏神様のみまつりを遠くをろがみて祈り明さむ
大君《きみ》をおもひ女《をみな》を愛す国の子の心はたゞにあはれなりけり
ちはやぶる鹿嶋の神の神のみちたゞひとすぢにわれはいゆかむ
罪あらばとみなげき給ふすめらぎの大御心に我哭《な》きにける

多摩川行軍にて

秋深くひぐらしの声きゝゐたり奥多摩川の流れさやかに

辞世

今更に何をか言はむ国の状《さま》大内山*を見るにたへめやも〔つるぎと歌〕

*皇居。

本間　雅晴　昭和二十一年四月三日、比島ロスバニヨスにて殉難。元比島派遣第十四軍司令官。享年六十歳。（新潟県）

甦《よみがへ》る皇御国《すめらみ》の祭壇に生贄《いけにへ》として命捧げむ
栄えゆく御国の末ぞ疑はず心豊かに消ゆる我はも
予てより捧げむ生命いまこゝに死所を得たりと微笑みて行く
戦友《とも》等眠るバタンの山を眺めつゝマニラの土となるも又よし
恥多き世とはなりたりものゝふの死ぬべき時と思ひ定めぬ

中山　伊作　ビルマにて殉難。（富山県）

新世《あらたよ》を固めなすべき吾も今戦友《とも》を慕ひて亡き数に入る〔歌集「巣鴨」〕

松井　巌　昭和二十年八月二十日、浜松にて自決。享年二十五歳。陸軍主計少尉。浜松飛行隊。京都帝国大学出身。（富山県）

うつしみの世はにごりて神もなし魂魄《こんぱく》とはにあだを報ぜん〔世紀の自決〕

元吉　迪夫　昭和十八年以来、ビルマの日本語学校に日本語教師として勤務。昭和二十一年二月十三日、タイ・ビルマ国境山間の小駅レボーにて病死。享年二十九歳。（富山県）

終　戦

癒ゆるなき悲しさの逃避なり山と川とゆきゆきて歌よまむと思ふ

清水　澄　昭和二十二年九月二十五日夜、明治天皇欽定の「大日本帝国憲法」に殉じて熱海錦ケ浦に投じ、自決。享年八十歳。枢密院議長。行政裁判所長官。帝国芸術院長。正二位勲一等。法学博士。東京帝国大学出身。（石川県）

秋季皇霊祭の日

西の空雲きれそめて夕日さし筑波の山はくれなゐに見ゆ

辞　世

しめやかにふる春雨の音寒みねざめの床に国のゆくて思ふ〔殉国の教育者〕

前田　三郎　昭和二十二年九月十六日、南部支那・広東にて殉難。享年二十八歳。海軍中尉（石川県）

今更に散る身惜しとは思はねど心にかかる国のゆくすゑ

牧野　晴雄　昭和二十年八月二十五日、東京・代々木ケ原にて大東塾十四烈士の一人として自刃。享年三十一歳。国学院大学出身。（石川県）

遂に玉づさ*拝掌せり（二首）

待ち待ちし師の玉づさとはやる我が早やに手とれば涙こぼれき

すめかみのみことかしこみ師の君の御祈のまにまわれは行くべし

*手紙

親を想ふ歌

老いゆくを汝にい依ると面伏せしあはれわが父故郷《ふるさと》に病む

想　師

満身の創痍に堪へてむらぎもの昼をつゝしみ師を念ふ我は

囚屋《ひとや》の友等を思ひて

囚屋なる友だに祈るましてわれ骨嚙み砕き努めざらめやも

辞　世

あなうれしいのち清らに今しわれ高天原《たかまがはら》に参上《まゐ》るなり

大いなる悲しみ抱き夏老ゆる代々木の原にわれは逝《ゆ》くなり
大君の大き御嘆き畏めばわが罪多く耐へがてぬかも
いざさらば命清らに禊《みそぎ》して高天原に参上るべし
あなうれし高天の原に今しわれ神と集ひて神語りする〔つるぎと歌〕

中島　祐雄《すけを》　昭和二十三年八月二十一日、東京・巣鴨にて殉難。享年四十九歳。陸軍大尉。（長野県）

絶　筆

事しあらば静かに祈れ我がたまは祈りの内に常にあるなり
二度となき戦の場に今ぞ立つ栄の冠り望み仰ぎて〔平和の発見〕

矢島　光雄　昭和二十二年三月二十六日、シンガポール・チャンギーにて殉難。陸軍軍医大尉。（長野県）

八勇士を送る

祖国への熱愛こめし万歳を声高らかに神去りませり

悲　願

国興《おこ》す熱き悲願は火焔樹《くわえんじゅ》の花にも増して燃えさかるなり

柳沢　泉　巣鴨にて殉難。享年三十二歳。（長野県）

みすゞかる信濃の春に咲く桜花《はな》は散りてぞ清く思はるゝなり〔歌集「巣鴨」〕

野村　辰嗣　昭和二十年八月二十五日、東京・代々木ケ原にて大東塾十四烈士の一人として自刃。享年十八歳。（静岡県）

母を思ふ

故郷《ふるさと》の秋を別れしははそはの母の御姿永久《とは》に思はむ

花

散る花の悲しき生命《いのち》胸に秘め雄々しく生きむ神のまにまに

母に

やつれせし項《うなじ》にふるる後《おく》れ毛を静かに目守《まも》り別れ来しはや

別離

ひと言も云はで別れき古の益良武夫《ますらたけを》を我が偲びつゝ

辞世

まさやけく現身《うつしみ》去りて永久《とこしへ》に御代を護りの神とならまし
みなげきの深く鎮もるさ緑の大内山を見るにたへめや〔つるぎと歌〕
影山　庄平　昭和二十年八月二十五日、東京・代々木ケ原にて大東塾十四烈士の最長老として自刃。享年六十歳。昭和十年「随神大孝道」を立教。昭和十九年十一月、長男正治塾長（巻末著者紹介参照）出征とともに、大東塾塾長代行に就任。（愛知県）

八十伴《やそとも》の誠一つに揃ひなば天の岩戸の御戸は開かる
折にふれて
春夏の雨露しのぎ庭の柿赤き心は色に出にける
父を思ふ
詐《いつは》りとおこたりなきをつらぬきし父を思ひて世を慨《なげ》くなり
辞世
こんとんをひらきて今や天地《あめつち》の始発《はじめ》の時と祈り行くなり
国うれふやたけ心のきはまりて静かなるかも神あがるとき〔つるぎと歌〕
河村　明　昭和二十三年四月六日、蘭印（現インドネシア）グロドックにて殉難。享年

三十歳。陸軍法務曹長。(愛知県)

母上に捧ぐ

玉きはる命の極み　許されしよろこびに生き
　許されしかなしみに生く

限りある生命の極み　熱き血を歌にさゝげて
天地《あめつち》の貴の慈《いつくし》みの　日の出をば朝におろがみ
　あかねさす夕を惜み

南なる囚屋《ひとや》にふせて　黙々と流るゝ雲に
果しなき天の極み　しみじみとおもひゆらめく
　たらちねわが母

死は一度二度となきもの征く吾れに母の言《こと》の葉《は》今は身にしむ
ひとすぢの道をまもりてあゆみきし吾に二つの道はあらめやも
この衣吾がありし日の形見にと語りつたへよ末の末まで

右の一首、処刑前夜に小指を切り、日常着てゐた上衣に血書したもの。

久米　武三　昭和二十三年十月十五日、ジャワ島スラバヤにて自決。享年三十歳。陸軍憲兵曹長。ジャワ憲兵隊。（愛知県）

みんなみの嵐に散りし戦友《とも》の辺の薫り慕ひてわれも行くなり

落日《おちび》さし仰ぎ見ゆれど道暗らし富士のすそのに霞おり立つ〔世紀の自決〕

松井　石根　昭和二十三年十二月二十三日、東京・巣鴨にて殉難。享年七十一歳。上海方面派遣軍最高指揮官。陸軍大将。陸軍士官学校第九期。（愛知県）

天地《あめつち》も人もうらみず一すぢに無畏を念じて安らけく逝《ゆ》く

いきにへに尽くる命は惜しかれど国に捧げて残りし身なれば

世の人に残さばやと思ふ言の葉《ことのは》は自他平等に誠の心〔平和の発見〕

井上　勝太郎　巣鴨にて殉難。享年二十八歳。（岐阜県）

時雨降る今朝は右足の戦傷を両手《もろ》の中に暖めて居り

靄深き香港の沖にB25一機堕しゝひそかなる慰め

蹴散らされし下着を探し索めつゝ彼等の前に弱く私語する〔歌集「巣鴨」〕

山田　清一　昭和二十年八月十五日、蘭印（現インドネシア）セラム島にて自決。陸軍中将。第五師団長。陸軍士官学校第二十六期。（岐阜県）

いつくしみはぐくみ給ひし母君のみたまはわれに今ぞ移りぬ〔世紀の自決〕

近畿地方

木村　武男　昭和二十二年四月十七日、シンガポール・チャンギーにて殉難。享年三十三歳。陸軍軍曹。（滋賀県）

いはれなき罪に問はれて独房に国を憂ひて涙乾かず

秋山　義兊　昭和二十年八月十七日、北朝鮮・咸興にて自決。享年五十八歳。陸軍中将。第一三七師団長。陸軍士官学校第二十期。（京都府）

辞　世

事しあらば千《ち》たび八千《やち》たびあらはれん内外の敵にやはかけがさん〔世紀の自決〕

星島　進　昭和二十一年四月六日、南太平洋ニューブリテン島ラバウルにて殉難。享年三十五歳。陸軍工兵大尉。（京都府）

つばくらもみえずみなみのこのをじまこらのおとづてたがもちきたる
捧げにし命にあれど平和来て妻子こふなり妻子いとしく

浅野　隆俊　上海にて殉難。（大阪府）

明日知れぬ命にはあれど吾が心ゆたけくあれと歌作り居り〔歌集「巣鴨」〕

木村　久男　昭和二十一年五月二十三日、シンガポール・チャンギーにて殉難。享年二十八歳。陸軍上等兵。京都帝国大学。（大阪府）

かすかにも風な吹き来て沈みたる心の塵の立つぞ悲しき

明日といふ日もなき命いだきつゝ文《ふみ》よむ心つくることなし〔歌集「巣鴨」〕

みんなみの露と消えゆく命もて朝がゆすゝる心かなしも

朝がゆをすゝりつゝ思ふふるさとの父よ許せよ母よ嘆くな

指をかみ涙流して遥かなる父母に祈りぬさらばさらばと

眼を閉ぢて母を偲べば幼な日の懐し面影消ゆる時なし

以下二首処刑前夜作

をのゝきも悲しみもなし絞首台母の笑顔をいだきてゆかむ

風も凪ぎ雨もやみたりさはやかに朝日をあびて明日は出でなむ〔きけわだつみのこえ〕

高谷　巌水　昭和二十二年四月二十一日、南部支那・広東にて殉難。享年二十八歳。憲

兵軍曹。（大阪府）

この遺書をといて読まむとするときの母の心はいかばかりならむ

中田　新一　昭和二十二年四月二十五日、北ボルネオ・サンダカンにて殉難。享年三十六歳。憲兵大尉。（大阪府）

聞くことの皆腹立たしこのままに口無者となりて死なまし

諦むるより外すべのなきこのいのちあすかあすかと死を待ちながら

四月は故国にさくらの咲けるときわれボルネオに死んでゆく時

殺すなら早く殺せとつめよりて青き目玉をにらみかへしぬ

どうなりと勝手にせよと仰向けに魚の如くに寝る牢のひる〔歌集「巣鴨」〕

森下　弘信　昭和二十一年三月十七日、自決。享年二十四歳。海軍大尉。小笠原諸島父島海軍根拠地隊。大阪商科大学出身。（和歌山県）

身はたとへ魂魄となり果つるとも親の御恩をいかで忘れん

父島《ちちじま》に果つべき命ながらへてささげまつらん建設の道〔世紀の自決〕

鉄尾《てつを》　隆　昭和二十年八月十九日、終戦の大詔を拝し、千葉県下志津原にて自決。享年二十八歳。陸軍中佐。決師団第二〇三連隊第二大隊長。陸軍士官学校第五十

一期。新婚の玉恵夫人（二十三歳）も御本人の希望で同時に自決された。（兵庫県）

陸士卒業時、恩賜の銀時計を拝受

品賜ふ深きみ恵受けし身は死して闕下*に罪詑び奉る

＊天子の御前。

辞世

魂馳り皇国《みくに》護らん神々の列に入りなむ乏し身なれど

大みこと聞きててだてもはや絶えぬしこの御楯を許せ世の人（世紀の自決）

正井　政雄　昭和二十三年四月十日、蘭印（現インドネシア）グロドックにて殉難。陸軍伍長。（兵庫県）

宵月の冴え行く空を仰ぎつつ吾がうつつなに母の名を呼ぶ

現身《うつしみ》に目見《まみ》えむ術もあらなくに夢にきぞの夜父母に逢ひにけり

田中　静一　昭和二十年八月二十四日、自決。元東部軍司令官。八月十五日の終戦の大詔録音盤奪取の企てを決行した青年将校を鎮圧せる後、自らは彼等に約せる如く従容割腹す。（兵庫県）

聖恩の忝けなさに我は行くなり

鼻野　忠雄　ビルマにて殉難。享年二十四歳。（兵庫県）

身はたとへ南の涯に朽つるとも七度生れて御国守らむ〔歌集「巣鴨」〕

中国地方

芦田　林弘　昭和二十年八月二十五日、東京・代々木ケ原にて大東塾十四烈士の一人として自刃。享年三十歳。（岡山県）

大いなる憤りあり夜の更ち《くだ》ひそかに起きて壁にもの云ふ

拳《こぶし》もて獄屋の壁を打ちにけり国を思ひて堪へ難き夜半

一年振りに師の御供で郷里に帰り妻と会す

苦しかるたつきと思ふ吾妹子《わぎもこ》の頬のやつれを見るに堪へめや

吾子へ

ちちのみの父のみことの大いなる悲しみこりて成れる汝《な》が身ぞ

ちちのみの父の抱きしかなしみをたゞに継ぐべし愛《は》しき吾が子よ

辞　世

大君のみかどのまもり醜我れも八十《やそ》の隈手《くまで》に仕へまつらむ〔つるぎと歌〕

土肥原　賢二　昭和二十三年十二月二十三日、東京・巣鴨にて殉難。享年六十七歳。奉天特務機関長、航空総監、教育総監等歴任。陸軍大将。陸軍士官学校第十六期。（岡山県）

荒れ果てし御国の姿見るにつけただ思はるる罪の深さを

斯くありと予《かね》て期したる事なれば死のおとづれに驚きもなし

天かけり昇り行くらんわが魂は君ケ代千代に護るなるべし

秋晴れの澄みわたりたる大空は今日この頃の心なるかも

玉の緒の絶えにし後も祈るなり禹域《うゐき》しづまりいや栄あれ〔平和の発見〕

＊中国。

いざさらば今宵かぎりの命ぞと名残を惜む窓の月影〔歌集「巣鴨」〕

近藤　新八　昭和二十二年十月三十一日、南部支那・広東にて殉難。享年五十四歳。陸軍中将。（広島県）

空蟬《うつせみ》の身は広東に甦《たふ》るとも天翔《かけ》りなむ我が荒魂は

下田　次郎　上海にて殉難。享年三十歳。（広島県）

世のつねの人に我あれやたまきはる命を惜しみ神に額づく

朝霧の八重の潮路をへだつとも守らせ給へ産土の神〔歌集「巣鴨」〕

藤原　仁　昭和二十年八月二十五日、東京・代々木ケ原にて大東塾十四烈士の一人として自刃。享年三十三歳。広島師範学校（現広島大教育学部）出身。（広島県）

笠　置　山

清らけく悲しき祈りかしこくも通ひましけり君が御夢に

故郷なる比婆《ひば》*の神山を仰ぎて

わがいのちたづねたづねて山深く比婆の神山訪づれにけり

*広島県比婆郡にある比婆山（一二七九メートル）

松浦兄の霊に捧ぐ

笹の葉のさやに揺れつゝ秋立つや今さらさらに君し思ほゆ

真昼間を静かに落つる青柿を悲しきものと見つつ嘆かふ

下村兄を送りて

天とほく君はい征けり耐へつゝもひとりすすろふ酒の冷たさ

かくてわがひとすぢの道きびしけれどもいくたりと別れ来にしかな

白木瓜《ぼけ》の花

世をあげて偽りみつるこの日頃堪へむとすれど憤《いきどほ》ろしき

憤りしづかに堪へむと白木瓜の真白き花にまむかひにけり

松陰先生の遺品に接して（一首）

百年の国の歩みぞかなしけれこころせつなく額《ぬか》垂れにけり

夕さりにおもひ極《きは》まりすべをなみ叢雲《むらくも》深き峯を眺めき〔つるぎと歌〕

堀本　武男　昭和二十二年四月四日、南部支那・広東にて殉難。享年三十五歳。陸軍大尉。（広島県）

夜のふけに夢にめざめて寝返れば足枷《かせ》重く鎖ふるるも

朝《あした》には言葉交せし戦友《とも》五人獄舎を出でて夕べかへらず

千万の軍《いくさ》かへして異《と》つ国に無実の罪負ふ戦争犯罪者はや

山根　重由　昭和二十三年十一月二十三日、蘭印（現インドネシア）グロドックにて殉難。享年三十二歳。陸軍軍医大尉。（広島県）

大君の醜の御楯と亡き数に入る日来れり今日の呼出し

【獄中日記より】

雨がしよぼ〳〵降つて来た。不思議なことである。死刑執行があると必ず雨が降る。天もこの非道をお怒りになられるのか。

津村　満好　昭和二十年八月二十五日、東京・代々木ケ原にて大東塾十四烈士の一人として自刃。享年二十二歳。（鳥取県）

ますらをの悲しき祈りよろづよに流れて尽きぬ五十鈴川かも

夜深し蛙しばなく故郷の伯耆《はうき》国原恋ひて止まずも

追ひすがりまた追ひすがり足萎《な》ゆるも吾が師の君の後や追ひなむ

虫の音に幾山河をへだてつつたらちねの母のかなしみ思ほゆ

辞　世

万世《よろづよ》に流れてつきぬ真清水といのち清らに御国護らむ〔つるぎと歌〕

橋田　邦彦　昭和二十年九月十四日、開戦内閣の閣僚としての罪を問はれて戦犯に指定され、出頭直前に自決。享年六十三歳。元東京帝国大学生理学教室主任。

医学博士。近衛内閣、東条内閣の文部大臣を歴任。（鳥取県）

辞世

大君の御楯ならねど国の為め死にゆく今日はよき日なりけり

いくそたび生れ生れて日の本の学びの道を護り立てなむ〔殉国の教育者〕

右の一首は、滋賀県高島郡安曇川町玉林寺に建つ「慰霊敬慕之碑」にきざまれてゐる。

【遺書より】

道義ノタメニ戦フト称ヘナガラ義ノタメニ国ヲ賭スル迄戦フコトヲ得ザリシ日本ノ国民ノ一人トシテ盟邦各国ニ罪ヲ謝ス（中略）生キ永ラヘテ尚尽スベキ務ヲ果シ得ザルコトハ苦中ノ苦ナレドモコノ苦ヲ忍ビテ義ニ赴ク

〇　　〇

今回戦争責任者として指名されしこと光栄なり、さりながら勝者の裁きにより責任の所在軽重を決せられんことは、臣子の分として堪得ざる所なり、皇国国体の本義に則り茲に自決す。或は忠節を全くする所以にあらずと言はれんも我の信念に従ふのみ、大詔渙発の日既に決せんと思ひしも、邦家の将来に向つて聊か期するところあり忍んで今日に到り、敵の召喚をうけて時節到来せるを歓ぶ。

福本　美代治　昭和二十年八月二十五日、東京・代々木ケ原にて大東塾十四烈士の一人として自刃。享年四十歳。（鳥取県）

古壺を示され父を偲びて詠める

古壺を飽かずながめつ新しき悲しみつきず父の偲ばゆ

折にふれて

青々と桑の葉もゆる朝あけにたらちねの母は逝きましなり

野村兄をおもふ

みいくさを阻《はば》むかげりをはらはむと命さゝげて立ちし君はも

賤《しづ》の祈り

大きみの大みなげきを思ほへばしづがいのちはかずにもあらず

秋思

秋たけて虫のおとろふ此の夜ごろひとやにともは耐へつつあらむ

辞世

武蔵野の朝《あした》の露と現身《うつそみ》のいのちは死してみくにまもらむ

*五内《ごだい》裂くと宣《の》しませるは大君の玉の御声ぞ泣かざらめやも〔つるぎと歌〕

*五臓。すなはち肝、心、脾、肺、腎の五個の内臓。

福原勲　昭和二十一年八月九日、東京・巣鴨にて殉難。享年三十歳。陸軍大尉。〔島根

県）

空腹を訴ふる吾子思ひつゝ唯胸せまる箸とる夕餉

朝風になびくを見度《みた》し彼の土より平和日本の日の丸の旗〔歌集「巣鴨」〕

上村　幹男　昭和二十一年三月二十三日、ソヴィエト連邦ハバロフスクにて自決。享年五十三歳。第四軍司令官。陸軍中将。陸軍士官学校第二十四期。（山口県）

潔く死して皇国《みくに》に御詫びせむ生き永らへて恥まさむより〔世紀の自決〕

岩政　真澄　昭和二十二年四月三十日、蘭印バタビヤ（現インドネシア・ジャカルタ）チビナンにて自決。享年四十一歳。ジャワタンジョンプリオク憲兵隊長。陸軍憲兵大尉。（山口県）

今ははや為すべき事の終へぬれば静かにたたむあけの浄土

戦犯のながれは天に任せきり今日のひとひを安く過さむ

天狂ふ夜半《よは》の嵐に暁のやがて真澄の空となるらん〔世紀の自決〕

岩本　三枝　昭和二十三年六月二十三日、モルッカ諸島アンボン島にて不慮死。陸軍大尉。（山口県）

憂き事に堪へてながめし十字星誓ひし心永久《とは》に変らじ

高橋　雷二　北京にて殉難。享年三十一歳。（山口県）

靖国の杜《もり》にしづもる戦友よこの恥に逝く吾を迎ふるや

み民みな畏れつゝしみ今の世の天の岩戸のその岩開け〔歌集「巣鴨」〕

四国地方

加藤　広明　昭和二十一年十一月九日、ビルマ・ラングーンにて殉難。享年二十九歳。憲兵曹長。（愛媛県）

牢獄の壁にゑがきし鯉幟《こひのぼり》大和男の子は今こゝにあり

今にみよ我は護国の火となりておごる夷《えみし》を焼き払はんぞ

敷島の大和の国に天皇《すめろぎ》のおはす思へば心やすけし

【遺書より】

加藤ハ死セリト雖モ必ズ魂魄ハ烈々トシテ九天ニ留メ、緬甸《びるま》ニ在リテハ火ト燃ユル火焔木トモナリテ緬甸独立ヲ草葉ノ蔭ヨリ支援シ祖国再建ニ奮斗スル人人ヲ鼓舞激励シ満腔ノ力ヲ注ギテ神州ヲ擁護シ七生報国ノ誠ヲ誓フナリ。

都子野 順三　巣鴨にて殉難。享年四十五歳。（愛媛県）

御めぐみの深き御山をかきわけて神の御末に我列坐せむ〔歌集「巣鴨」〕

浜田 平　昭和二十年九月十七日、タイにて自決。第十八方面軍参謀副長。陸軍中将。
陸軍士官学校第二十八期。（高知県）

碁にまけて眺むる狭庭《さには》花もなくめくら判おいて閻魔《えむま》と打ちにゆく〔世紀の自決〕

山下 奉文　昭和二十一年二月二十三日、比島ラグナ州ロスバニオスにて殉難。享年六十歳。元第十四方面軍司令官。陸軍大将。陸軍士官学校第十八期。（高知県）

天日灼くが如く地は瘴癘《*しやうれい》
討匪《**ひ》征寇《こう》幾春秋
殉忠の勇士幾万人
卒然として停戦の大詔を拝す
謹んで受け戈《ほこ》を捨つ　血涙下る
聖慮深遠なり心腸に徹す
長恨限りなし比島の空

吾七生誓つて祖州を興さむ

＊山や湿地にわきおこる悪いガスのために起こる熱病や皮膚病の類。
＊＊匪賊（徒党を組んで殺人・掠奪をする盗賊）を討ち、寇敵（外敵）を征伐する。

野山わけ集むる兵士十余万かへりてなれよ国の柱と

今日もまた大地踏みしめかへりゆく我がつはものの姿たのもし

待てしばしいさを残して逝きし戦友《とも》あとをしたひてわれもゆきなむ

満ち欠けて晴と曇に変れども永久《とは》に冴えすむ大空の月

神野　保孝　ビルマにて殉難。（香川県）

澄みのぼる今宵の月を名残にて明日は散り行く我身なりけり〔歌集「巣鴨」〕

九州地方

鬼山　保　昭和二十年八月二十五日、東京・代々木ケ原にて大東塾十四烈士の一人として自刃。享年二十八歳。（福岡県）

昭和十六年十二月八日

大みこと今ぞ降りぬ天にみち地にみつる御稜威《ひかり》泣きてをろがむ

四月二十九日皇居を拝して

大君のみなげきを思ふ国こぞりよき日と今日を祝ひつゝあれど

醜のなげき

幾とせを悲涙に耐へて磨き来し吾が一振りのつるぎ太刀ぞも

くに思ふまこと足らはずながらへし身に秋風のさむき夜半かな

もみぢ葉のいのちさやかにさきがけて散りにしとものただに思ほゆ〔つるぎと歌〕

尾家　剣　昭和二十三年十月二十三日、東京・巣鴨にて殉難。享年五十五歳。元比島ネグロス島司令、大佐。（福岡県）

こひしくばまことの道を辿り来よ我はまことのうちにこそゐん

うつし世に語りつぐべきものもたでまことの道を指して我ゆく

もろともに桜よ梅とたたへられ千代にわたりて咲けよ我児ら〔平和の発見〕

長《ちやう》　幸之助　昭和二十二年十二月三十日、蘭印（現インドネシア）グロドックにて殉難。

享年三十一歳。憲兵少佐。（福岡県）

玉きはる　命のきはに
月見れば　歌ごゑたかし
　花見れば　白露しとど
大いなる　光のうちに
いつくしき　人の心は
　たらちねの　母をしおぼゆ
せゝらぎの　清けき里の
ふるさとの　春の野山は
　今こゝに　われと在るなれ
　花かすむ里

たらちねの母の心にくらぶれば月の光はつめたかりけり

末松一幹　巣鴨にて殉難。享年三十八歳。（福岡県）

御栄えをたゝへて逝かむいざさらば天かける御霊のもとにまた会ふ日（歌集「巣鴨」）

藤中　松雄　巣鴨にて殉難。享年二十九歳。（福岡県）

老母の病ませ給へば家妻は子を背負ひつゝ手綱とるてふ

膳にのるリンゴにかよふ吾子の顔サジさへ採らず目守りて居たり

降りしきる雨の畦道通ふらむ吾子思ひつゝ遺書かき居たり

はるばると訪ね給ひし老母は近う寄れよと涙も拭はず

木曜の夜は再びめぐり来ぬ肌ふき清め遺書をとゝのふ〔歌集「巣鴨」〕

牟田　松吉　昭和二十三年七月三日、東京・巣鴨にて殉難。享年四十一歳。陸軍軍属。（福岡県）

＊しとやにて子のながらへを祈りつゝ浪にただよふ妻子ぞ思ふ〔平和の発見〕

＊「ひとや（囚屋）」に同じ。

村上　博　昭和二十三年七月十日、蘭印バタビヤ（現インドネシア・ジャカルタ）にて殉難。享年二十七歳。海軍大尉。（福岡県）

我が母の吾を偲ぶらし殊更にふるさと恋しき今宵なるかも

山崎　芳雄　昭和二十一年七月八日、開拓移民救済活躍中、満州にて逝去。享年五十三歳。北海道帝国大学出身。満蒙開拓の父と言はれた。（福岡県）

敷島の大和心は日本《ひのもと》の暗き代にこそいとど宝なれ〔殉国の教育者〕

山本　学　昭和二十一年十二月四日、蘭印バタビヤ（現インドネシア・ジャカルタ）チビナンにて自決。享年三十八歳。第十六軍憲兵隊長。陸軍憲兵中佐。陸軍士官学校第四十一期。（福岡県）

益良男《ますらを》が我身と変へし日の本も国は敗れて山河あるのみ〔世紀の自決〕

寺尾　博之　昭和二十年八月二十日、福岡市西郊油山にて長島中佐と共に自刃。享年二十六歳。東京帝国大学農学部出身、学徒出陣。海軍少尉。（佐賀県）

弟尚戦死

何一つ為す気も起らずたゞなれの姿偲びつゝ一日過しぬ

町ゆけど野道をゆけど友をなみなが名呼びつゝ一人悲しむ

うつそみの身はすでになくなれど又あふてだてなし思へば悲しき

遺詠

大君のみこと畏み一すぢに戦ひゆかむ友偲びつゝ

丈夫《ますらを》の道は一すぢ大君にいのち捧げて御国護らむ

倒れたる友を嘆かずいつの日かあもたどりゆく道と思へば

生き死にをこえてつらぬく日の本の丈夫男子《ますらをのこ》の行く道ぞこれ〔つるぎと歌〕

【遺書より】
願ハクハ魂魄トコシヘニ祖国ニ留メテ玉体ヲ守護シ奉ラム。

山田　規一郎　昭和二十一年十月一日、香港にて殉難。享年三十歳。憲兵曹長。（佐賀県）

汁粥の乏しき糧に身は細り分ちかねけり鉄窓の雀に

我死なば土となるべし南《みんなみ》のみのり培ふその野辺の土に

潁川《えがは》　幸生　昭和二十三年八月二十一日、東京・巣鴨にて殉難。享年三十八歳。海軍軍属。（長崎県）

軽き旅路（昭和二十三年八月廿日午后八時）

ふみ昇る絞首の台をゑがきみてたぢろがぬわれ心うれしき〔平和の発見〕

摺建《すりだて》　富士夫　昭和二十年八月二十二日朝、東京・愛宕山にて尊攘義軍の一士として、手榴弾をもって自爆。享年二十九歳。（長崎県）

辞　世

粉のごと砕け散る身は惜しまねど国の行末ただ思ふなり〔尊攘義軍玉砕顚末〕

【令兄一甫氏にあてた絶筆より】

……小生等最後の決意を極め候も、猶一脈の光明を信じ自重仕可候。然れ共大丈夫の精神にて最後の花を飾り度く、御健闘祈上候。

永井　隆　長崎市にて原子爆弾を浴び後、原爆症により逝去。医大教授。（長崎県）

原爆下に患者救護のため亡くなった看護婦を偲ぶ

きずつける友を救ふともゆる火に飛び入りしまま帰らざりけり

天の川澄める夜頃となりにけり白衣すがしき君を思ふも

玉の緒の命の限り吾は行く寂《しつ》かなる真理探究の道

古瀬　虎獅狼　昭和二十三年十月四日、セレベス島マカッサルにて殉難。享年三十五歳。憲兵准尉。（長崎県）

やぶるればとがなきものもつみに散る今も昔も世のならひかな

阿南《あなみ》　惟幾《これちか》　昭和二十年八月十四日夜、終戦の詔書に副署するための閣議を終へて後、東京都永田町の陸軍大臣官邸にて割腹自刃。享年五十九歳。陸軍大臣。陸軍大将。陸軍士官学校第十八期。（大分県）

御戦に出で行く吾子の雄々しくも花の姿を吾は見しかも

右の一首、大陸戦線の駅頭で偶然に僅か十数分、令息惟晟中尉と出会はれたときの作。

もののふの道一筋に散りゆきぬ若木のさくらあはれいとし児

右の一首、第二方面軍司令官として濠北戦線にあられた時、令息惟晟中尉戦死の訃電に接し、留守宅に送られた祭文の中に記されたもの。

辞世

大君の深き恵に浴みし身は言ひ遺すべき片言もなし（陸軍名将百選他）

成迫　忠郎　巣鴨にて殉難。享年二十七歳。（大分県）

淡き灯の昼もひともるわが房に薄紅《べにかな》愛し蝦夷菊の花

窓のべに遺書かき居ればこの夕べ庭蟬鳴きぬ短かき声に

菊生けし窓のコップにおちし蚊の鈍きふるまひに感傷しをり

隣房の友に合はせて唄ひ居り向つ玻璃《はり》窓《ど》の夕映ゆる頃（歌集「巣鴨」）

東山　利一　昭和二十年八月二十五日、東京代々木ケ原にて大東塾十四烈士の一人として自刃。同志の剛雄野村辰夫とともに介錯役に当たる。享年二十六歳。法政大学専門部出身。（熊本県）

おのころ島

しづくなす潮《うしほ》こりはててかしこきろおのころ島は成りにけるはや

わたつみの真潮の凝りに成れる島にみ祖の神は天降りましけり

送年賦（二首）

天津日の光寒しもさ庭《こご》べの小笹さやぎて年ゆかんとす

皇国《すめくに》のけがれはらふと起ちにける朝けの雪の深さを思はむ

宮城を拝し（二首）

み濠べの松青みかも朝冷えし大内山に静寂《しじま》こもれり

大君のみなげき深くこもらせるこのしゞまはや戦《をのの》きやまず

信国、大重両君を送る（二首）

益良雄の別れとぞ思ふこの夕《ゆふべ》小笹もさやに霰《あられ》ふり来も

置く霜は消なば消ぬべし益良雄《ますらを》の大き別れに嘆きあらめやも

辞世

天地のむたとこしへにゆるぎなき国の真柱《まはしら》今立つるかも〔つるぎと歌〕

蓮田　善明　昭和二十年八月十九日、マレー半島ジョホールバールにて自決。享年四十二歳。陸軍中尉。広島文理科大学（現広島大）出身。（熊本県）

皇居を拝してのかへるさ（詩）

妻よ　この大前に敷かれたる
さゞれ石のうるはしからずや
汝が手に一にぎり
拾ひて
われと汝《な》と分《わか》たん
さゞれ石
あゝ　大前のさゞれ石
円《つぶ》らかに　静かに
ありがたきかな
わがいたゞきもちて
行く　　三粒四粒
大前のつぶらの石をわぎもこがたぐへて拾ふ夫《つま》がいのちと
たづさはりなれたることも短しと言ひし他言《よそ》吾は忘れじ

潮の香ににほふ衣《ころも》も吾妹子が手触れの袖は愛《を》しまれにつゝ
ふるさとは雪ふりさえてうからが吾《あれ》をしくしく想ひ恋ふらむ
ふるさとは千草の花もうつろひて枯生に霜の白くおくらん
をさなきが朝け寒きに起きがてに甘えて音《ね》なきやまぬこの頃
こひしきはいとけなき子がおもかげのふともうすれて思ひ出かぬるとき
いでゝ行く車の窓をやゝさけて父を送りし子の頬忘れず
望月のますみに照れる大空の隅なく子らが思ほゆるかも
ちゝのみの父に抱かれ飯はむをたのめる子らがいかにせるらむ
日に三度飯はむ毎に妻子《め》どもの飯食むまどゐ思ほゆるかも
妹がきるひとへのきぬのかたにせむわが名づけつる浜藤の花
やまとの柿に似たりといくさらが買ひ来てめづる木の実ありけり
大海原果《はたて》になびきゐる雲の夕づく色は国を恋ほしむ
夕ごとにさかり行けどもみやこべはをろがむごとにかしこさまさる
馬どもは眠りたるらし船底にあけがた近く物音もなし

潮の香を菊の香りにたぐへつゝあどもひつれてい行くいくさ路
海原も月はありけりさか杯に浮べてのまふ丈夫の伴

軍旗誘導将校を命ぜらる

いくさ旗みちびき主とまけられて朝みそぎするにいよゝかしこさ
大君のさづけたまへる軍旗《いくさ》みちびきまつる任《まけ》のかしこさ

比島にて佐藤春夫氏と会ふとて

みんなみのとこよの島にうたびとと杯にうかべん今宵の星は
またと世になき歌人と戦さ路のさき路に今日し相会へるかも
紀の国の白良の浜の白つゝじかざして君はまさきくありませ

望郷歌

よき人のたびし黄菊を水筒《みづつゝ》の口にさしつゝかざしとぞする
ふるさとの駅におりたち眺めたるかの薄紅葉忘らえなくに〔陣中日記・をらびうた〕*

右の一首、熊本県田原坂公園の蓮田善明文学碑に「碑銘」として刻されてゐる。

＊古川書房、昭和五十一年七月刊、「陣中日記・をらびうた」には、長歌卅一首、短歌三百八十二首、詩四篇が収められてゐる。尚、蓮田氏がその上官中条大佐

を射殺したる後自決せる事情などについては、小高根二郎「蓮田善明とその死」や、現代日本文学大系「林房雄・亀井勝一郎・保田与重郎・蓮田善明」＝以上筑摩書房や「殉国の教育者」などに委しく書かれてゐる。

東《ひがし》　登　ビルマにて殉難。（熊本県）

新しき国のかためと散りて行く我が道こそははけはしくもたのし〔歌集「巣鴨」〕

穂積　正克　昭和二十三年七月三日、東京・巣鴨にて殉難。享年三十一歳。陸軍軍曹。（熊本県）

わが妹よ力落すなよろこびてゆきし夫の光をあゆめ〔歌集「巣鴨」〕

子の夢のさめて今日ゆくわが身かな国の若人やすらけくあれ

つつがなく暮らし居ませと天の上の父見護らんあやめ咲くころ〔平和の発見〕

武藤　章　昭和二十三年十二月二十三日、東京・巣鴨にて殉難。享年五十七歳。終戦時比島第十四方面軍参謀長。陸軍中将。陸軍士官学校第二十五期。（熊本県）

うつしみの折ふし妻子こひしといへどますらたけをは死におくれまじ

醜草《しこ》のおどろが中のむくろをも神の光はいつか照さむ

みんなみの島に死すべき我なりき今さらなどか命惜しまむ〔平和の発見〕

米村　春喜　昭和二十二年六月十七日、上海にて殉難。享年五十二歳。憲兵大尉。（熊本県）

判決に対して所感（二首）

肥の国のあそのけむりにいやまして燃ゆる誠は神ぞ知るらん

火の国のあそのけぶりの立たぬ日も君を思はぬときあらめやも

加藤　実　昭和二十二年三月二十一日、比島マニラにて殉難。享年二十七歳。陸軍少尉。（宮崎県）

うつし世の覇者権勢のいたづらと笑つて死なん大丈夫《ますらを》の友

【「残恨の書」第三信より】

皆死は恐れて居りません。それは執行される人達が「海征かば」に送られて出て行く時皆につこり微笑して行くのを見てもわかります。

出水《でみづ》　浪雄　昭和二十一年六月二十二日、南太平洋ニューブリテン島ラバウルにて殉難。享年三十八歳。陸軍大尉。（宮崎県）

今日きりの生命にしあれば糞も又愛《いと》しかりけり刑死の朝

今日よりは花咲山*の主となりて永久《とは》にあげなむ敷島の意気

*ラバウル火山。

塩田　金吾　昭和二十年八月十五日、宮崎県高鍋飛行場（現新田原飛行場）より、米子飛行場に公用にて飛行、即ち終戦の大詔を拝す、自決。陸軍中尉。少年飛行兵出身。（宮崎県）

武夫の心偲びていざ征かん秋月の桜別れして我も

*秋月は、宮崎県高鍋城の桜。

大田　清一　昭和二十一年二月二十三日、比島マニラにて殉難。享年五十歳。元憲兵大佐。（鹿児島県）

たらちねの親の賜ひし此身体死ぬとも知らで日に太り行く

【最後の手記より】
山下、本間将軍以下多くの旧友や部下と共に愉快に生活仕候。自分でも不思議な程達観し、皆して朝から寝る迄、他愛もなき話に笑ひ興じて暮中候。

栄島《さかじま》　信男　昭和二十一年三月十四日、シンガポール・チャンギーにて殉難。享年三十三歳。陸軍主計曹長。（鹿児島県）

いくばくもなき吾が命知りながら朝がゆのもみよりわくるかな

野崎　欽一　昭和二十年八月二十五日、東京・代々木ケ原にて大東塾十四烈士の一人として自刃。享年二十三歳。（鹿児島県）

何ごとも言挙げすまじ男の子われ深く黙《もだ》して神を祈らむ
ことなべて神のままなりひたぶるに神のみことを畏み行かむ
何事も神のままとはおもへどもうつそみのあはれは身にぞ沁《し》みける
愛《はしけ》やし汝とも断ちて唯一人生きむと思へりこの寂しさは
つたなかるうつそみにはあれど残りなく大君に捧げむ秋《とき》は来にけり

辞　世

跡継がむ薩摩隼人《はやと》のあまたあれば賤《しづ》が醜男《しこを》も微笑《ゑみ》つつ死ぬなり
大君が為腹を屍《はふ》りし隼人のこの悲しみを継ぎて生ひ立て
湊川直《ただ》に往きける悲しびの今身にしみて思ほゆるかも
足らはずをとがめ給はず恵みまし神召し給ふことのかしこさ
必ずや出でむ日本の晴れ姿無窮に祈りつ雲隠りなむ〔つるぎと歌〕

野村　辰夫　昭和二十年八月二十五日、東京代々木ケ原にて大東塾十四烈士の一人として自刃。介錯役に当たる。享年三十歳。国学院大学興亜専門部出身。（鹿児島県）

獄中のともを思ふ

天が下の男の子起つべきとき来ぬとわれも起ちしが及ばざりけり
ともよとも嘆き給ふなその心いやつぎつぎて男の子ら起つべし

椎の実

秋深き夕べひそけく椎の実の幼なきまゝにつぎてこぼらふ
椎の実の夕べを深みせぐくまりはらからみなが向き向きあるかも
霜こほる冬は来向ふよしゑやし堪へつゝ生きよかぼそ椎の実
いたいけの椎の実すらやおのづから斂なすかも尊み思はむ

うつそみ（一首）

如何なれば酌むほどにまさる侘びしさぞ酌まずばまして侘しと思ふに
われ死なばわが骨拾へ汝《なれ》死なば汝《な》が霊《たま》負はむ大君のへに

辞世

高千穂は天そゝるなり細矛千足《くはしほこちたる》の国ぞゆるぎあらめや
皇国《すめくに》に生命《いのち》捧ぐるこれの夜や月は隈なく照り渡るなり

久方の日の若宮に参ゐ昇り寂かに永く御国まもらむ〔つるぎと歌〕

橋口　寛　昭和二十年八月十八日、山口県平生「回天」基地にて自決。享年二十二歳。平生回天特別攻撃隊。海軍大尉。海軍兵学校第七十二期。（鹿児島県）

君が代の唯君が代のさきくませと祈り嘆きて生きにしものを

ああ又さきがけし期友《とも》に申し訳なし神州つひに護持し得ず〔世紀の自決〕

親泊《おやどまり》　朝省　昭和二十年九月二日、アメリカ軍艦ミズーリ号上にて降伏文書に調印の夜、東京都小石川の自宅にて妻子もろとも一家全員自決。享年四十三歳。大本営報道部員。陸軍大佐。（沖縄県）

この命断つも残すも大君の勅命《みこと》のまにまに益良雄達《ますらを》よ〔世紀の自決〕

【遺書より】

大東亜戦争は破れたのである。我等の姿は明治幕末の姿に後退したのだ。大いなる屈辱といはねばならない。然し維新以来の我が先輩もやはりこれと同じ屈辱の中に生き抜いて来たのである。此国家非常の秋、国家有用の材は断じて死ぬべからず。小なる面目にこだはり死急ぎするなかれ。

外地

董《とう》　長雄　昭和二十三年六月二十三日、蘭印（現インドネシア）グロドックにて殉難。
陸軍軍属。（日本名　玉峰長雄）（台湾　高雄）

たはけ奴の撃つ十発は男の子吾が胸板貫くもまことは貫けじ

【遺稿より】

本職ハ台湾人デアル。ソシテ国家ノ所属ガ変ッテモ、本職ハ日本軍人トシテ死ンデ行キ度イノデアル。

若シ此ノ裁判ハ「正義ノ為」ト言ハズシテ報復ト呼称セバ本職ハ死刑ニサレテモ何ヲカ言ハム。

ソシテ刑務所内ニ於ケル彼等ガ我々ニ対スル虐待ハ如何、特ニ平和時ニ於テデアル。何ガ正義ダ！　何ガ裁判ダ！

其の他

大塚　則行　昭和二十二年三月三十一日、比島マニラにて殉難。陸軍少尉。（出身地不明）

大いなる阿蘇峯遥か仰ぎつゝ育てられしか雄々しかれよと

大丈夫《ますらを》は仁と俠とに生くべしとわが父君は教へ給へり

南のパナイの夜空懐かしや彼の星の下兵は眠れる

肩の傷触る丶度に思ふ哉あの激戦に倒れし兵を
幾度か死線を超えて来たる哉身に数創を我も負ひしが
ひそかにぞ待ちに待たる今日ぞ今日大和桜の香をぞ止めん

木場　茂　昭和二十一年三月六日、蘭印モロタイ島にて殉難。陸軍大佐。（出身地不明）

家も身も思はぬ時はありつれどしろしめす国は忘れじ露を露だも
大君の辺にこそのみとつとめしもなほ足らざりし力なりけり

述　懐

身は老いて捨つる命は惜しからず若き尊き身をぞ思はる

辞　世

五十五とせ御恵み深き大御代につくして果つる今日ぞうれしき

坂本　順次　昭和二十六年三月十八日、殉難。陸軍大尉。陸軍士官学校第五十五期。（出身地不明）

うたかたと云ひし生命のことなれどつつましやかにわれ死なんとす
桜花咲けど鳥の歌はぬ春ならんふるさと悲し父を思ひて

渋谷　三郎　昭和二十年八月二十一日、夫人文子とともに満州北部ハルピンにて自決。享年五十八歳。元歩兵第三連隊長。満州帝国治安部次長。ハルピン学院長。陸軍大佐。（出身地不明）

辞　世

北満にいつかは春のめぐりきて大和桜の花や咲くらん〔世紀の自決〕

渋谷　文子　昭和二十年八月二十一日、夫君渋谷三郎陸軍大佐（前出）とともにハルピンにて自決。享年五十一歳。（出身地不明）

辞　世

大君の御楯と散りしますらをの効ある日をぞわれは待つなる〔世紀の自決〕

谷　寿夫　昭和二十一年八月、中部支那・南京にて殉難。陸軍中将。（出身地不明）

身はたとへ異郷の土となるとても心はかへる君のみそばに

戦友の霊こもれる雨花台《*うくわだい》へ我れも入りつゝ共に語らん〔南京作戦の真相〕

*南京の城南にある風光名美の地。

中村　軍医少佐　詳細不明。

大君のためには何か惜しからむ昭南の地に身は朽つるとも

右の一首は、シンガポール・チャンギー刑務所独房中の壁面に遺されてゐた爪跡の歌。昭和二十一年九月十一日、同所にて殉難した元陸軍警部佐瀬頼幸氏の獄中日記に書留められたもの。

詠人知らず

春深む江南の野にたま散りて君は護国の神となります
君まさぬ世にながらへて何故にうつしみなほも生きんとすらむ

右の二首、戦死した許婚者の後を追って殉死した乙女の辞世の歌。

三浦義一　歌集 悲天より「草莽」

幽燈集

七百年悲史

昭和十七年十一月二十四日。季、風雪荒寥の候と雖も宿願叶へば佐渡経塚山麓真野川のほとり、真野山皇陵に粛しみて詣づ。大東塾影山正治一行に従ふなり。しかれば諸友、人馬を組みてわが病軀をいたはり給ふ。真野宮の大御前を過ぎて暫く登れば御陵墓に至る。偲び奉れば、順徳天皇、承久三年より仁治三年九月十二日、御宝算四十六歳御登遐の日まで方に二十有三年間、この北辺絶海の配所に在らせられて畏くも御還幸の御事なし。而もその年九月重陽の嘉節を期して御自ら御臨終を祈らせ給ひ供御すら聞食されざる数日に亘らせられし御事ども、まことに今日の如く回想申上ぐれば、わが胸火にも似つ。

噫、国の逆賊いま尚存するや否や。筆を捨ててこゝにわが欝結をうたふ

天《あめ》なるや日のひかりさへ寂かなり松ふかく在《ま》す真野の山陵《みささぎ》
年月《としつき》はかなしとおもふ山陵を築《つ》きたる石に生《む》す蘚苔《こけ》のいろ
友の背に負はれ来つるはわれ言はじ山陵をおがみ涙たらしつ
あらうみは遠く昏《く》れをりかなしかる帝《みかど》をしぬびまゐらする間《ま》も
島山のさびしき国のみささぎに千年《ちとせ》の民のおもひを奏《まを》す
天つ日のゆふ日のいろの沁みわたるこの山陵に在《お》はす大君
かく在せば御《おん》いきどほりいづべにか洩らしたまひし泣かざらめやも
雁《かり》すらも見えざる佐渡の荒海をとほくながめて崩《ゆ》きましにけむ
冬海に似つる怒りはかなしけれゆふぐるる山の御陵《ごりよう》をくだる
ゆふやまのこの松風を聴かしける御史《みふみ》のなげきは永久《とは》にのこらむ

御濠の時雨

松が枝のうつろふみづに零《ふ》りてをる御濠《みほり》のしぐれあふぐかしこさ
み濠べにしぐれ零りゐる今日をかも草莽のおもひ微《かす》かにまをす
秋ふかくみ濠に零れる昼雨《ひるさめ》のしづけしと言はむ大き御国は

秘女抄

二十年の昔のうた子を憶ふ

みごもりて汝《なれ》はた悲しくありにけむ生れし国へかへりゆきにき
手弱女のかなしみを言はず弘前に去《い》にたる人のとはのおもかげ
身に沁みていまは思ふもたをやめのことば少く去りし女《をみな》を
としつきの長きおもひを茲《ここ》にいへどわれの歎きは尽きざるならむ

去来荘吟

山のべにむらがり咲ける曼珠沙華しぐれに霑《ぬ》れてゐるあはれなり
うた詠《よ》みて一生《ひとよ》を終るわれならじこの山かげに病みて居りとも
やまべゆく水のごとくにかなしかり草莽の民のつきぬおもひは
大君にとはにささげて悔ゆるなしこの道をゆくわれも吾妻《あづま》も

秋夜憶ふ

天《あめ》とほく見ゆる峰には白雲《しらくも》のかかりゐにけりきのふも今日も
ますら夫のわれとし思《も》へや山峡《やまかひ》によるふけて降る時雨《しぐれ》きき居り
夜《よ》の更《くだ》ちひそかにおもふ寄るべなき四百余州の民のなげきを
ますらをのいゆきし道はさびしけれひとり獄《ひとや》にくだらむとおもふ
悲しかる子にしあれどもおほやまと天皇《すめらみこと》の赤子《まなこ》ぞわれは

日本刀賦

くるしびをわが耐へて来《こ》しこの太刀のほそき直刃《すぐは》を見つつおもふも
丈夫《ますらを》のこのかなしみをいかにせむともしびの下《もと》に太刀をぬきつつ
おとろへしわれと思ふに小夜《さよ》ふかく太刀をぬぐひて起きゐたりける

をとめの床の辺にわが置きしつるぎの太刀その太刀はや
——と歌ひ竟へて、即ちかむあがりましぬ。日本武尊

みつるぎをしぬび給ひし日の皇子《みこ》のいまはの御《み》うたよめば悲しも

燈心

はつあきのけさの朝けにひえびえと白き桔梗《きちこう》を活けし妻かも
灯《ひ》のかげのとどけりとおもふ庭のへに啼ける虫ありしづかにわれ聴く
灯《ほ》かげさへくらき囚屋《ひとや》にすはりゐて虫の音《ね》ききし夜ごろとなれり
幾秋《いくあき》を獄《ひとや》にすぐししわれならむ足さすりつつ今宵おもふも
我命《わぎのち》を尊みおもはず年《とし》を経《へ》き浮雲《ふうん》のごとく生きて来にける
生死《いきしに》をしづかに越えしひのもとのわが大丈夫《ますらを》をただに仰ぐも

中支に戦ひて既に三歳と思ふ藤原武雄に与ふ

藤原武雄。筑豊、遠賀川畔の炭田に生を享け流離年あり。かくてわが璞草堂に草鞋を脱ぐ。彼や、語稍々明晰を欠く上に意余つて殆んどことば足らず。而も生来非力の故か激するや即ち命を賭して刃物三昧に及ぶ。また酒癖だにあり、従つて人生の過失概ねおほし。家中我のみ彼が丹心を知る。

昭和十五年夏、彼が御召に応ずるの日、切にたにぎりてわれ言ふ「最も要領悪しき兵たれ。ただ汝一念にして陛下の股肱たらむことのみを期せよ」と。彼つひに泣きにき。

中支に戦ひて既に三歳。辿々しき筆なれど出動にあたるや常に末尾に日時と時分すら記して来たる。憶ふに、遺書なり。
あゝしかも彼を愚狂と謂ふか、果して然るか。われ直《たゞ》に彼が決意の深きを知る。善し

幾千の兵にまじりて愚《おろ》けきを遠くおもひてわが堪《た》ふるなり

奉　皇

北海道大雪山麓、屯田兵の家に生れし、丈夫の、み身みづから爆《は》ぜ、命捧げけるを偲びて

烈日《れつじつ》のかなしみに似つ天《あめ》ゆきてかへらざりける命《いのち》おもへば
老いたまふ母が名よびて天なるや遠の御楯と爆《は》ぜましにけむ
夏草にまひる吹きゐる風ありてとぶらふごとしみいくさ神を
御門《みかど》べに死にゆきにける民草をつぎつぎにおもひ今宵ゐにけり
真夏日のひかり澄みとほる水のべの青葦原にたちておもふも
山の樹を押しかたむけて吹きすぐる昼の嵐をしづかに見むとす

一児、なつめ

白き毛のまじれる口鬚《ひげ》をわらふ子の乙女《をとめ》さびたるあはれにおもふ

日本武尊　　於近江建部神社、

かなしびの白鳥《しらとり》となりて翔《か》けましし日嗣の皇子《みこ》のしづもれる宮

ますらをのみ子にしあれば走水《はしりみづ》のかなしき比売《ひめ》をとはによび在《ま》す

——汝が父に憎まれたるか、母にうとまれたるか。父は汝を悪むにあらじ。母は汝をうとむにあらじ。只、是れ天にして汝の性のつたなきを泣け。　芭蕉

荒《あら》し男《を》のつたなき性《さが》を泣きにつつ遠く征《い》でまし皇子《みこ》をおもふも

日の皇子《みこ》の日本武尊だにかなしびにつつ隠《かく》りたまひき

ますらをの日本武尊だに吾《あ》がつまはやと嘆きたまひぬ

於祇園八坂神社

神に在す遠つ御祖《みおや》もかなしけば山の木草を泣き枯らしにき

八拳鬚《やつかひげ》のいろとの命《みこと》すらだにも爪もがれにきかしこみおもはむ

悲願行

四月下浣のはじめ。病軀、家妻を率《ゐ》て影山大東塾長一行に従ひ西下。

近江神宮、建部神社、平安神宮、八坂神社、水無瀬神宮の各官幣大社を歴拝して勤皇村建設の大願を熱禱す。その間、嵐山大悲閣に登り或は、摂播の間を過ぎ桜井駅址を訪ひて流涕久しくす。

総じて以て、一途《づ》の心やみ難くしての旅なれば

としつきは過ぎにしとおもふ近江野《あふみぬ》のみづうみのうへをわたりゆく月

目つむれば昼降る雨にぬれてゐし叡山《えいざん》蘚苔《こけ》のおもほゆるなり

石膏繃帯《コルセット》よろふわが身の行《ゆ》すゑをしづかにおもふ子とわかれ来て

現《うつ》し身をギブスにいとふこの旅のをはりにぞ来《こ》し桜井の里

楠公父子訣別のことはりは、無窮の一族勤皇に在り。

ああ日本の悲願、沈思すれば此の尽忠の生別に極まる

全《また》けくし仕へまつらく父と子と永久《とは》に別れき泣かざらめやも

承久懐古

於洛西水無瀬神宮

後鳥羽院御製

奥山のおどろが下もふみわけて道ある世とぞ人に知らせむ
立ちこめて関とはならで水無瀬川霧なほはれぬ行すゑのそら
われこそは新島守よ隠岐の海のあらき波風こころして吹け

波あらき隠岐の宮居《みやゐ》のいくとせを耐へたまひけりわが大君は
いにしへの水無瀬《みなせ》の宮の址処《あとど》にしあがる雲雀をしまし聴きしか
よろづ世をつらぬきたまふ天皇《すめろぎ》のみいのちすらやかくも悲しゑ

後鳥羽院、とりわけ蹴鞠の道に達せさせ給ふ。よりて後年、御神威を偲ぶよすがとて白泥、万利鈴（和名）をつくる。清音いとも古雅にして沈痛なり。

万利鈴《まりすず》をしづかに聴けばなみのおとの隠岐の帝《みかど》のなげき思ほゆ

水無瀬川

わか草の山崎土堤《づつみ》かぜ寒く蕭々としてゆける川なみ

万朶の桜

特別攻撃隊、九軍神の忠烈を深く偲びて

景行天皇、日本武尊に詔りして曰く『――猛きこと雷電の如く、向ふ所前無く、攻むる所必ず勝つ。即ち知る、形は即ち我が子にて、実は即ち神人なり――』と。
輝く皇軍の伝統を思ひ、この一章に至る。則ち熄み難くしてうたふ

散る花のしづけきを見むいまだにし還らずといふ機をおもひつつ
さくらばな咲きかつ散らふ時のまも任《まけ》のまにまに散りてゆく伴《とも》
大みことただにあふぎてまさをなる沖つ玉藻となりましにけり
たはやすく散りゆきにけるわか桜しづかにおもひて泣かぬ母なし
み濠べの寂《しづ》けき桜あふぎつつ心は遠しわが大君に

未見の若き同志、大東塾長谷川清君の霊にささぐ

やまざくら匂へるごともさやかなる君死なしめぬ春寒き日に

残雪篇

兵器の多寡優劣にあらずして、一に質に繋るはやうやく一億も知りたらむが如し。質の中核は生命である。すなはち承け継ぎしみいのちの顕現こそ赫々たる今次の大戦果なれ。

このことを深く思ふも、現実を見るやくまぐまになほよ

ごれたる残んの雪ありて、その下に大地の呻吟を幽かに聴く。
あゝ日本の寂寥、今日にして極らむとする歟。然れども、われたゞに残雪の悲痛を歌ふのみ

―獄中盟友に―

寂しかる雪とぞおもふ町かげにさむざむとして凍《こほ》りたる雪
消《け》のこれるしらゆきのうへに照る月のこほしきひかり君も見にけむ
屋根のうへに消えのこりたる白雪をよるふけて見ぬこころかなしく
さ乏しき民のなげきか寒竹《かんちく》のしたかげの雪とけがたくして
石《いは》かげに消えのこりたる白雪のしづけさにゐてあそべる小《こ》とり

寒梅集

影山正治に寄す

暁の霜ふかければわが庭の白梅の樹の影のさびしさ
暁の霜おり藉《し》ける鉄窓《てつそう》に寄りたる君をたれか思はむ
天つ日を享《う》けてさきたる白梅をつらつら見れば悲しかる花

十二月十五日大孝声明

玉のごと生《あ》れたる君があかつきの霜にひびかふ熄《や》みがたきこゝろ

伊豆去来荘に帰りて

背戸川の寒く鳴る夜ぞ武蔵野の牢屋《ひとや》に君は坐《すは》りますらむ

雲の影ほのにうつろふ焼太刀のこのかなしみを永久《とは》に嘆《なげ》かむ

零露秘抄

わが友、影山正治。病軀にして念々　尊皇大義にのみ心肝を砕く。旧臘、時政に激発して三たび囹圄に下る。沈思すればこの事、鉄石を泣かしむ。彼が操志を懐へば、わが心底に寒霜到るが如し。噫、君が凜烈を歌はむ

かくのごと国をなげきて民草は獄《ごく》にぞすはる霜こほる夜に

霜すらや溶けずありけむ牢屋《ひとや》なるあらき莚《むしろ》のともしびのかげ

降《お》り藉《し》くは寒夜《かんや》の霜ぞしんしんと汝《な》がこころざし熄《や》みがたからむ

みごもれる汝妻はあはれ雄々しく、吾が妻は傷心流涕す

ひたぶるの汝妻《なづま》をおもふおほぞらに高くかなしくわたる月とぞ

水《み》さび田をゆふあさりゐる白鷺に涙こぼれきと夜《よ》はに言ふ妻

大詔を拝して

昭和十六年十二月八日

つゆ霜は枯れたる枝にひかりつつ消えてあとなし天つ日の下《もと》
たうたうと天《あめ》にひびかふ大御言《おほみこと》わがすめろぎの神のみこゑを
天皇《すめろぎ》の醜《しこ》の御楯とけふよりはのどには死なじわれも吾《あ》が子も
病めりともわが死にがたしけふの日の大き御告《みの》りをききて苦しゑ
大君の遠《とほ》の御楯といふべしやわれのいのちのかくも悲しき
あをぐもの天津日嗣のすめろぎをひたにおもへば落ちぬ涙は
寥々のみたみと言はじしかれども大君のへに死ぬは誰《た》が子ぞ

孤燈寒吟

磯城郡初瀬に於て

そらみつ大和のくにの国の秀《ほ》ゆ見おろしにけるながたにの長谷《はせ》
こもりくの泊瀬《はつせ》にくだる磴道《いしみち》はさびしき秋の桜並木ぞ
泊瀬川せせらぎにつつ町裏をながるるを見き古き国原《くにはら》
山べなる初瀬《はせ》のとまりの夜《よる》さむくわれらかたりぬ国の憂ひを
たにがはのかすけき磯城《しき》の初瀬に寝つ古史《ふるぶみ》をよめり寒き灯《ほ》かげに　（吉野朝悲史を繙く二首）
熄みがたく死にけるひとをつぎつぎに懐《おも》ふ夜ふけぞ吉野路ちかく

秋風《あきかぜ》の身に沁む初瀬《はせ》の停車場《ていしやば》にたちて見放《さ》くるゆふぐれの国
やまぐにの霜いたりけむもみぢ葉に日の照る見ればかなし大和は

豊山長谷寺

長谷寺《はせでら》のながき廻廊をのぼりにきゆゆしく生きしひとを思《も》ひつつ
泊瀬《はつせ》やま山の伽藍を指顧すれやふり放《さ》け見つる大悲閣はも

秋風悲吟

熱田神宮

かなしかるをとめがもとの床のべのみ太刀《たち》と告《の》りて隠《かく》りたまひき
悲しかるますらをの皇子《みこ》おもひつつ春敲門《しゆんこうもん》をわれはくぐりぬ

伊勢大神宮

おぎろなき伊勢の国べのゆふづきてしづけく遠し伊良胡岬山《いらごさきやま》（二見浦に於て）
山祇《やまつみ》のあそべるらしもさやさやと五十鈴の川をおよげるいろくづ
みなそこの礫《こいし》かぞふる御手洗《みたらし》は神ながらなる五十鈴川とぞ
もみぢ葉の日に照り透《す》ける見てあれば高倉山はすめかみのやま

すめみおやただにおもひぬ古りし世の大樹《おほき》のもとにひとり佇《た》ちつつ
神路《かみぢ》やま麓をい往《ゆ》きまかりつつかなしくも見ぬ燃ゆる紅葉《もみぢ》を
天照らす日の大神《おほかみ》のしづもれる白檜《しろひ》の宮は現《うつ》に立たす
かつを木のこがねかがよふ拝《はい》し居りこころかなしもひとり懐《おも》へば
御屋根《おんやね》に千木《ちぎ》そびえたるあはれさをかなしみ拝すますら夫われは
いつ知らや寒夜《かんや》に霜の降るごとく涙おちたり我命《わぎのち》おもひて

をりをり

稗草《ひえくさ》を食らふかなしみはわれ言はず皇軍将兵《すめらみいくさ》を泣かしむなゆめ
たみくさの皆がらをかく負ひたまふ天皇《すめらみこと》をあふげば泣かゆ
大いなる国のうれひをおのがじしかしこみ負ひなむ生けるしるしに
おほぎみの任《まけ》のまにまに生きしめとけふも禱《いの》れりいのちかなしく

於去来荘褥上

わたくしの命《いのち》にあらず五月雨《さみだれ》の零《ふ》れる山べにわび住めりとも

恋闕悲唱

ともしびの光とどける床のべに白菊を活けて今宵《こよひ》居にけり
灯《ひ》のもとにいのちかそけき白菊のさびしき花をただに在《あ》らしむ
秋の灯は隈《くま》にとどけり寂《しづ》かなる白菊の花にこころ粛《つつ》しむ
いにしへの祖《ひと》のなげきを聴くごとし灯《ほ》かげとどける白菊の花
灯《ひ》ともりて夜《よる》をしづけき白菊のいのちせちなく国をおもへる

大詔降下直前の日に

天つ日のみかどの花の白菊とかなしみおもふこの秋にして

神饌集

日《ひ》女《め》

昭和十九年七月七日の雲低く、絶海の島嶼に幾千の同胞つひに散る。をみな子亦おのが刃に伏し、あるは激浪に身を投ずと。われらここに、皇国悠久の大義を見ると雖も、何の言葉かある。
ああ、泫然として鬼も泣く、　啾々

ぬばたまのくろかみ梳《と》きて荒磯《ありそ》べに立たしきといふ日本《やまと》へ向きて

神州　七・五事件を想ひ回らす日に

夜《よる》ふけて語らふ君の　尽くるなき孤忠のおもひ　ゆく水は絶ゆることなく　そうそうと悲しく鳴れり　大いなる昭和の御代の　庚辰《かのえたつ》ふみつき五日　あかときの東《ひむがし》にむかひ　あきつかみ大君のへに　いのちただ仕へまつると太《ふと》のりと伏して奏《まを》しつ　細矛《くはしほこ》千足《ちたる》のくにの　大丈夫《ますらを》と君はたたしき　さにづらふ乙女《をとめ》さびつつ　つね笑《ゑ》まふ君にしあれど　死を決し起《た》ちたる君は　いにしへの日本武《やまとたける》の尊《みこと》かとおもほゆるかに　雷電《いかづち》のごとかりしとふ　かぞふれば五《いつ》とせのかみぞ　今夜《こよひ》しもこれの川びに　しづかな

る君とかたれば　まさやけき湍《せ》のおとだにも　いつしか
に絶えはてにつつ　ひさかたの天地《あめつち》のむた　しんしんと
み冬の雪の　降るごとくこころに沁《し》むは　日の本の玉鉾
のみち　皇国《すめくに》の命なりける　ますら夫の道

反　歌　　影山正治に贈る

かなしかる益良猛雄のをたけびに四方《よも》の海《うな》びの木草ふるへり
なべて葉のおち尽くしたる高槻《たかつき》をゆふぞら寒くあふぎけるかも
日にけに延び青みゆく麦の芽をまひるしづかに見ればかなしも
ももしきの古日《ふるひ》の宮の在《ま》すくによるふかくにほふ寒梅《かんばい》のはな
しらゆきの零《ふ》りける不尽《ふじ》のやまも見ゆ神の斎庭《ゆには》のこの蜻蛉《あきつ》しま

天の時雨

秋ふかく端《たゞ》しくし居り　ともしびをかかげにければ
寒々としぐれふりつぎ　みやこなる夜の街衢《ちまた》は　かしこ
くもあはれにぞ見ゆ　おもほへば御戦《みいくさ》とほく　みんなみ

に北の辺《へ》ぐにに　かへりみず夫《つま》を真奈児《まなご》を　高光る日嗣の御子の　天皇《すめろぎ》の御楯と遣《や》りつ　神ながらたふとき父母《ちちはは》もゆる火の美《は》しきたわやめ　打ちこぞりよるひる知らに宮居《みやゐ》なる現津御神《あきつみかみ》を　ひたあふぐ大八洲《おほやしま》はや　しかれども吾《あ》がかなしびは　つね在らぬこの現《うつ》し世ぞ　嗚呼をつつ夜《よる》ふる雨は　塵泥《ちりひじ》の自《し》が身つらぬく　常《とこ》立ちの天《あめ》の御《み》柱《はしら》　みつるぎゆ滴《しただ》りおつる　涙なりけり　そらみつ大和島根の　時雨なりけり

反　歌

よる深くしぐれのあめの零《ふ》るなべに紅葉《もみぢ》するなりやまと島根は

目のまへを過ぎゆくたみは神《かむ》ながらくにはらにふる時雨のごとし

草　莽

しらくもの天城の峰に　ある日はしぐれ零るなり　走り湯の伊豆のくにはら　山峡《やまかひ》をながるる水の　音無《おとなし》の清き

川びに　春さむく桜は咲きつ　秋されば枯葦ぞ鳴る　ゆく水のみなわにも似し　現し身にわれはありとも　乏しかるたみにしあれど　あきつ神わが大君の　おほみことただにかがふり　たてまつる御民なれば　あはれこの永久《とは》のいのちの　高光る天津日嗣に　つながれるまもり継がむと　月の夜も雪の早旦《あした》も　みやこべの大内山をはるばるに恋ひつつ禱る　山びとぞ吾《あ》は

伊豆音無橋畔　於去来荘

反　歌

武蔵野を遠くながれて来《こ》し川のみづのこころぞ悲しかるらむ

くさかげにすだける虫のこゑごゑを聞こし食《め》すらむこの秋の夜《よ》に

多摩川畔　於玉翠園

新　秋

国の悲痛の日、わが切々の思ひは自づから曾遊の地、薩南なる南洲翁の悲願に通ふ

さつまなる城山の根《ね》に埋みゐむ大きいのちを忘らえめやも

城山にむかし吹きけむ秋風のかなしきときとなりにけるかも
こぞり起《た》ちし薩摩隼人《はやと》の雄たけびをこの秋風のなかに聴くなり
よるふかく山川《やまがは》にふる秋雨《あきさめ》のごとくにひとり泣きましにけむ
灯《ひ》を消してい寝ますときは御門《みかど》べを遠く恋ひつつ泣きたまひけむ

深　淵

あだ波のなど寄するべしわが庭に山百合の花は咲きてをるなり
よもの辺《へ》のあやふしと誰《た》がさわぐらむ夏草花の咲けるさかりに

非命これ命なり

ひるふかく深山《みやま》ひぐらしの鳴くきけりさきの大臣《おとど》の御階《みはし》くだる日
草莽のこころざしなほ遂げがたくひそかに去りし君をおもふも　畏友赤松貞雄に贈る

サイパン同胞玉砕の報至る

木綿四手《ゆふしで》のま白き百合をささげにき鬼となり在《ま》しし益良たけ夫に
あしびきの山百合の花濡らしつつ零《ふ》りゐる雨をしばし見むとす

神啾鬼哭

おぎろなき御戦《みいくさ》とおもふ竹叢《たかむら》のなかに咲きたる白百合の花
ま夏日の光澄みはて百合の花白くおほきくしづかに泣けり
やまゆりは寂ぶしかれどもあをぐもの天つ日在《ま》せり何を歎かむ

水無月抄

大東塾々監長谷川幸男に召集令下る。われ褥上仰臥のまま、謹しみ歌ひて遠離留別の情を述ぶ。嗚呼君よ、ただに征け

いつの日にまたあひ見むとにひがたの苗代《なはしろ》みちをひとり行きけむ
なはしろのゆふべの水にうつりたる天《そら》はかなしゐ古志《こし》につづけば
悠紀《ゆき》の田の苗のごとくにさやかなる汝《なれ》をしおもふ国のいのちと
ますら夫のなれと思ひき汝《な》をおきてわれの後事《こうじ》を誰《た》に托しなむ
脊の骨のかかる痛みも両腕《もろうで》の萎《な》ゆる疼《うづ》きもたれに告ぐべき

身辺些事

かくのみの命なりけむさみだれの夜ぞらをわたり啼くほととぎす

わかきより遠くあそびて帰らざるふるさとを恋ふわがふるさとを
はつ夏のごとき日本《やまと》のをとめ子となりける吾児《あこ》をおどろきて見る

出　会

天龍をふたたび過《よ》ぎり穂《ほ》のくににいのちの緒なる伴《とも》とわが逢ふ
青桑《あをぐは》の霑《ぬ》れたる葉さへしづかなり三河の国のひとのごとくに

春魚山菜

足引の山べも春となりにけむわらびを浸《ひ》でて食ひつつおもふ
早旦《あした》には芹の菜飯《なめし》のあつきをばかなしみて食ふこの山峡《やまかひ》に
春闌《ふ》けし山の茗荷の芽を食《は》めばすがしきかもよ白茎《しろくき》の味
網代《あじろ》なる鰺のたたきのあざやけき添ふる茶漬をしづかに嚙みぬ
蒼海《あをうみ》の皮《はだ》つき鯖の生きづくりはらわたに沁む山のわさびは

天長の佳節

大君の生《あ》れましの日のみまつりに春の魴鮄魚《はうばう》をたてまつりにき
かのひとが切に嘱すとのらしけるこころをおもふ大いなる日に

桜と鯉

たはやすく桜のはなの散るひまも大きいのちはとどまらめやも
さくらばな散るを命とおもへども帰《き》するがごとく散れば寂《さ》ぶしき
よるふかく万朶の桜散るごときかなしみも既《は》やとほく過ぎにき
いくひきの真鯉を飼ひてたぬしめどこころ衰ろふとわれは思はず
日あたりを鯉つらなりておよぐなり春寒き日はふかくたむろし
やまかひに飼ふ鯉なれど大君に依りてぞ仕ふいのち愛《かな》しく
おほぎみの賜ふいのちを畏こめり鯉も桜もわれも妻子も

春菜頌

御食《みけ》むかふみづ菜のうへに零《ふ》るゆきの消えゆく春となりにけるかも
大御食《おほみけ》のこの菜のうへにいささかの雪つむ見ればみいくさ遠し
零るゆきも春としおもふみいくさは遠くたたかひてかなしく在《ま》さむ

たをやめ

くさかげの命うつくしく雪踏みて春のみづ菜を摘ます子ろはも

ふる雪はくろ髪のへに消えゆけりつつましくゐて菜を摘ます子よ

零るゆきに菜を摘ます子のいそしめり日本《やまと》のくにの女《をみな》とぞおもふ

影山英男、坪川満両君の征旅を送りて

すめら辺の清きしづめといつの日か還らむ君を見るに堪へめや

身はすでにわたくしならず大君にささげし命惜しみつつ征け

たまきはる命のきはのときだにも大君の辺ぞおこたるなゆめ

二月吟

十日夜。眼のあたりに大東塾生五名を獄に下しぬ。国の命に賭けて言はむといふ心も今は戒め、おごそかなる神意に随順せむとするのみ。

十一日紀元節。塾内外六十余名の一行、わらんじ踏みしめ謹みて宮城参拝。われ亦、手押車にて驥尾に従ふ。大御前にわが指二本を捧げし塾長影山正治、粛として維新の祭文を奏上す。一同また土下座、泣いて祈願申しければ

やすみ知《し》し大君の辺にたふれむとあしたもひるもいのる民くさ

ひたぶるの命なりけり今朝《けさ》のあさ汝《な》れは汝がゆびつひに断《た》ちたり
ますら夫のかなしき道をわれ知れりはらわたを断つごとくありけむ
言はむすべせむすべをなみわがやどの笹うつ雨を夜半《よは》に聴くなり
いかんともすべなき民にあらなくにこの国土《くにつち》をただに焼くとも
いかんともなしがたき世ぞさもあれな永久《とは》に恐《かし》こし天津日嗣は
しかすがにすべもすべなきくにたみをいかにおもほしましたまふらむ

昨春、公葬の神式統一を熱禱する余り、豊橋市長に×××××未だ執行猶予中の野村塾同人、その秋また×××卑劣に制裁を加へたるを今日訊さるとて此の二十八日突如投獄さる。ああ同志の入牢、一旬にして相次ぐ。三月二日夕、われは辛うじて心身を支へられ伊豆に帰臥す

ほろびゆくこの現《うつ》し身をいたはると川びの家にかへり来にけり
この川にゆふべの汐のたゆたへばかなしきともを遠くおもふも
たそがれのながるるともなき夕川を見つつしおもふみやこべの伴《とも》
ゆふしほの満ちたる川よりなほ寂ぶし天が下なる益良猛夫は

一旦の勝敗なんぞ憂へん。道また昭々たり

傷つけるみいくさびとも泣かすとふかくやすらかに飯《いひ》をたまふと

みいくさのさなかにありて今日もなほ畏こきろかも飯たびにつつ

元　日

日の御子は尊とくかなしひむがしの大樹《おほき》のもとに宣《の》らしたまひき

すめろぎはいよよかなしく在《ま》しませばけさ寒霜《さむじも》を零らしたまへり

おく霜にま日照る見ればくにつちの邃《ふか》き息吹を吾《あ》におもはしむ

ときのまもつみかさねゆく命とぞひとりしおもふ年のはじめに

いはかげの垂氷《たるひ》のうへにあかときの日は射しそめてここだ悲しも

をりをりに氷《ひ》のつらよりしたたれる寂《さぶ》しき水のまたこほるなり

尾崎士郎に贈る

苔みづのこほれるすがたわれは見つますら夫きみを偲《しぬ》びつつ見し

丈　夫

十一月中浣をはりの夜。お召しにあづかりし若き友八名

を正座にし父母姉妹あるひは有志大東塾に集ひてみ祭につづき其の行を壮んにす。ああ、かなしきは時雨のみかは

冬さぶるともしび暗く日の本のますら男の子はならびすはれり
つどひをるともしびの下《もと》にちかづきてかたみに見けりいで征く伴《とも》と
しづかなる目とおもひつつひと言《こと》もいはでわかれきますら猛夫に

母《おも》父《ちち》

かぜの音《と》の遠の御楯とゆく子ろを微《かす》けくぞ言ふ汝《な》がおもちちは
おほぎみの醜《しこ》の御たてと散りゆかむ子ろの眉根《まよね》を目守《まも》る母かも

南　溟

置く霜のきえゆくごとし荒磯《ありそ》べにみいくさびとは死にたまふなり

日本の笛

おほちちの死にたまひける筑紫野《つくしぬ》に聴きをるごとしこれの笛の音《ね》
ふるさとの由布川の鮎の一つだに食《め》させざりけむおほははを思《も》ふ

亡き妻ふたりは、豊前駅館川のほとりに生れ育つ。姉妹なりき

とよくにの夏山思《も》へばはるけくも過ぎにしひとを悔《く》えぬときなし

破戒無慚の世々を経り、つひにわれ病む

これの世のつれなき風にふかれたるわが女児《をみなご》のますら夫さびし

大御戦

ゆふしでの白木の宮のみまへにし御代いのるなりすめらみ民は

夏《げ》安《あん》居《ご》

唐がらしいよいよあをき真夏日も遠くたたかひいましけるはや

すぎし日はいかに生きけむつらつらに夏草見れば日に向きて居り

背戸川の水のながれを臥しどより見の飽かずをるこのゆふべかも

山べゆくきよき川瀬のみづの音《と》をしづかに聴きてけふも居《ゐ》にける

檜扇

死にゆきし友のいくたりをかぞへけりゆふひぐらしの遠く鳴くころ

真夏日に澄みたる花のひあふぎをちまたゆ買ひて来にけるか妻
いにしへの高きいのちかこの花にかよふごとしも檜扇に似つ
苦しきをたれにか言はむギブス床《ど》にしまらくは見ぬ檜扇のはな
目をあけて檜扇のはな見てをればますら丈夫《たけを》のなみだくだれり

山百合

おのづから生《お》ひいでしとふ山ゆりの庭のくまみに咲けるともしさ
石のべに茎細《くきほそ》ゆりの花は咲きいのち可憐《かな》しくゐるうつくしび
日ざかりに斯くひらきたる山百合をこころ寂《しづ》けく見るはたぬしも
あしびきの山ゆりの花咲ける見つささげはてたる白《し》がはなを見つ

挽歌（一）

北一輝をして豪俠岩田と嘆ぜしめし、一世の俠骨富美夫
命の霊位に手向け、十年男子風雲の交りを回顧す

梅雨《つゆ》ぞらのいまだも寒き昨日《きそ》の夜に君死なしめしと誰《たれ》かおもはむ
かかる世をひとり耐へつつ在《ま》しにけむはげしき君がありし日おもふ

過ぎにきとおもひがたしも白木なる柩《ひつぎ》にわれのかなしみを述ぶ

挽歌（二）

南方幕僚長、本郷忠夫少将の戦死を聞く。ああ、還らざるを尽忠といふ歟

肝《きも》むかふ伴《とも》なるきみぞますら夫の欛《つか》たにぎりて身《みみ》をささげぬ
もののふの汝《な》がかなしみを吾が知れり桜のごとく散りゆきしとも
とこしへにみんなみの涯《はて》に逝きましし汝《なれ》のいのちを吾妻《あつま》は泣けり
うつそ身の逢ふことはなししかれども君がまごころ消ゆると思はず

幽かなり。さあれ生死去来を絶す

いつしかに夕雲の居《ゐ》しあともなくあしびきの山はくらくなりにき

離騒

四月下浣某日。肥後熊本紫垣隆翁より、名にし負ふ菊池千本槍の一筋を贈らる。心くらき青葉の一夜、白き槍の穂を抜き放ち、つぶさにこれを見る。尽忠風霜の感犇々とせまり村肝いとゞ寒し。悵然として即ち歌七首を詠む

ともしびの青くにほへる夜《よは》なればかなしびにつつ槍の穂を見き

肥のくにの公《きみ》が執《と》らしし槍の穂のみじかきを見つあはれ白刃《しらは》の

いにしへの建武の御宇《とき》に鍛《う》たしけるこの鋭刃《とは》ぬけば天地《あめつち》ぞ冷《ひ》ゆ

焼太刀の槍の穂だにも嚙み砕く臣《おみ》のなげきは神ぞ知るらむ

わたくしのいきどほりにはあらねどもしろき直刃《すぐは》を見つつさぶしゑ

みさとしの大人《うし》がきびしき雄ごころを継ぎて生きなむ丈夫ぞ吾《あ》は

大いなる君にたぐへむしづかにしけぶり吐きをる阿蘇の五岳《ごがく》を

哭禱

山本元帥の戦死に逢ひて

しづかなる青葉のやまのふもとべに君死にたまふ放送を聴く

たふとかる国のみくさの御尾《みを》さきと遠つ綿津見《わたつみ》をゆかすらむかも

噫天恩

昭和十三、四年の交。中支戦線特別任務に服したるに、十五年、天長佳節の日附を以て、われ被告の身に拘らず、畏くも恩賜を拝す

すめろぎのみかどの御紋《ごもん》つかしけるこの天盃《てんぱい》をたびたまひにし
天足《あまた》らす御《み》めぐみふかしこの賜盃《しはい》泣かじと思《も》へど涙くだれり

十八年天長節。七・五事件三十の悲士、影山正治、長谷川幸男らに特赦の恩命下る。帰途氏等四士礼装凜々しく来堂。一同、神前にけふの天長地久を祈願すると倶に、聖恩の洪大に泣く。即ち御下賜三ツ組朱盃をかたみに捧げて、天皇弥栄を唱和す

かしこかる御門《みかど》の花を浮き彫《ゑ》らす朱《あけ》のさかづきに神酒《みき》たてまつる
死を決し起ちけるきみも吾《あ》も泣きてこの豊《とよ》神酒を今日ぞいただく

伊豆に帰荘、ギブスベッドに在りければ

あしびきの青葉の山に零《ふ》るあめのいづべにかゐてうぐひす鳴けり

天の御柱

四月十九日、庄平翁、三十年鏤骨の豊橋東田御嶽社竣工。われ遷座祭参拝のため西下す。三河の国は、その嫡子影山正治の故郷なり

青垣の天龍川を過ぎしかば汝《な》がふるさとの国原が見ゆ

草ふかき里に承《う》けけるみいのちをつつしみ継ぎて来にし一族

　東田郷、影山家祖母は本年まさに九十二媼に在はし、草かげの連綿たる旧家をひとり守りて未だ矍鑠たり

くれなゐの袖なし衣《ぎぬ》をつけたまひしづかにすはる君がおほはは

かなしびのかげだに見えず百《もも》ちかく童《わらべ》さびたり奇《あや》のみいのち

よはひはかく傾けどすこやけし尾上《おのへ》の媼《おうな》のごとくいまして

木彫《きぼり》なる能楽《のう》のおうなの腭《あぎと》にも似たりと思《も》ふにうごかしたまふ

ひさびさに遠く来つるを惜しむらしまづ問ひたまふあはれ曾孫《ひまご》を

うからを捧げまつらくただひとり齢《よはひ》老《ふ》けつつ家守《も》らすとふ

降る雪の白髪《しろかみ》までに生きつがしわれをねぎらひたまふ尊とさ

春　愁　記

やや含《ふふ》むさくらの花に零《ふ》りてゐるさむき雨をばわがながめつつ

柿の木のつのぐみたるはあはれなりいでてあふがむ萌《も》えいづる芽を

　小田十壮より自作の白米とどく

白き飯《いひ》ひかれる粒を噛みしめぬかなしきろかも籠《こも》るいのちは

楠公頌

日の本の神と立たしていかづちに揺らぐ皇国《みくに》を護りたまひし

正成ひとり世に生きをりと聞こし食《め》さばみこころ安くませと奏《まを》しき

かへりみずただにかしこみ征《い》でまししし目つむれば見ゆ神の御《み》すがた

嗚呼楠子《なんし》が撃ちてしやまむいきどほり千年《ちとせ》を経《ふ》りてわがうちに生く

功業《いさをし》はみなわのごとしゆく水の尽きぬいのちを邃《ふか》くおもはむ

幽憤抄

いつはりのかかる現実《をつつ》に逢へりともしづかに堪へてわれは生きなむ

いはむすべせむ術《すべ》なみと言はなくにかなしきろかもますら夫の道

早春

寒けれどすでに青める山かひにひとりやしなふ命をおもふ

春さむき土に萌えづるあら草のかすけきなげき誰《た》がもたざらむ

春寒余瀝

みふゆの湍《せ》にゐる魚《いを》を酢に浸《ひ》でてわれに食はしむ泣くべかりけり
やまがはの姫鱒の鮓《すし》くふときも脊のほねいたむ目をとぢて食ふ
吾《あ》が妻とわれとむかひて風呂吹《ふろふき》大根のあつきを喰《は》めり春のゆふべは
春休みに来るとふ吾子《あこ》のうはさなどゆふ餉《げ》にはなしてわらふわが妻

万里雲尽　倉田百三氏の訃を悼みて

きさらぎの晴れたる空はかなしけれうつそみの君のつひに世に亡《な》く
かくのごと誰《たれ》かは生きしながき世をくるしびにける君のごとくに
またけくを仕へまつらくいま十年《ととせ》生きたかりけむ思《も》へばかなしも
脊の骨をわれも病みつつ君がうへつねにおもひて在りこしものを
善鸞の汝《な》が書《ふみ》よみて泣きにける昔のわれをしづかにおもはむ　「出家とその弟子」を読みしころを想ひて

老梅樹

ほそき枝《え》のつよく張りたるしらうめは天《そら》に寒しも冴えかへりつつ
梅が枝《え》の蕾がちなるしたかげはさむざむとして霜あはれなり
霜晴れて寒梅《かんばい》のはな咲きにけり国のえみすをわが攘《はら》ふ日に

白梅《しらうめ》に日のあたりをる寂けさをふかくおもはむ古日《ふるひ》のごとく
寒咲きの梅が香とほくにほふなべしづかにまをす天津祝詞を
み執《と》らしのまつるぎおもふ霜の夜の梅てらしゐる月の下びに
月の夜にしらうめのはな咲きたるをわれは見にけりこころしづめて

水荘閑居

天城嶺《あまぎね》にのこれる雪のとほく見ゆるこの山峡《やまかひ》の町に住みつつ
ますら夫のわれと思《も》へども夜ふかく寝《い》ねがたくしてゆく水をきく

古志の灯

十一月下浣。真野宮参拝の帰途、越後燕町なるわが若き同志の生家を訪ふ。かりがね列をなして空をよぎる信濃川支流の河畔なり。

みぞれ降る翌夕、累代長谷川家墓前にぬかづく。父及び弟二人つぎつぎに此の地下に眠れりと謂ふ。

彼つとに身心を師影山正治に托して、命を皇国に捧げむとす。ああ、母とその子とたまたま悲しくも相逢へるを見、わがこころ切にして堪へがたければ

雨さむき古志《こし》の燕の宮町《みやちょう》にひとり生きをる汝《な》が母と逢ふ
雪あれのゆふぞら啼きてゆく雁《かり》をあふぎ見にけむ汝が亡《な》き父も

湯の谷温泉

大阿蘇の峡《かひ》の湯なれば夜さむく焼鮠《やきはや》を食へりふるさとのごと
深山《みやま》なる細谷川のもみぢ葉をかく寂しきとたれかおもはむ
穂すすきのこの高原《たかはら》ゆ見さくればさぶしくつづく阿蘇外輪山《あそぐわいりんざん》
とほつ代ゆ阿蘇野《ぬ》が原に神在《ま》せり五岳《ごがく》あふげばたふとく聳ゆ
火の国の阿蘇の煙のごとくにぞとはにし燃えむわれのいのちは

尽　忠

菊池神社々頭即吟

寂阿公、わが一念を継がしめんとて嫡子武重を故山に還し、つひに筑前に於て戦死す。公の辞世の歌

ふるさとに今宵ばかりの命とも知らでや人のわれを待つらむ

をうけるや、その室また唱和し

ふるさとも今宵ばかりの命とぞ知りてや人のわれを待つらむ

と歌を遺して従容自刃しければ

かなしかる寂阿《じやくあ》の公《きみ》もその妻も生き居りとおもふこの肥《ひ》の国に
大君に捧げつくしし一族の神づまり在《ま》すここは肥のくに

不知火

雁の巣飛行場にくだりて、筑前より船出する影山正治の征旅を送る

君をけふ千里のそとに征《ゆ》かしむと筑紫のくにわれは来にけり
ひたぶるに遠《とほ》のみかどを念じつつ相わかれけり別れとおもはず
言《こと》にいでて云はむ怒りにあらざればこころしづめて玄海を見き
しらぬ火つくしの海にますと言ふおきつの宮のまもりたまはむ
老いたまふ父母《ちちはは》置きてめされ征くいのちをおもふ玉のいのちを
——宗像神社遠瀛島——
秋ふかき筑紫のはらの黄櫨《はじ》の木をとほく寒けく見てわかれ来し
不知火のたれか命に燃えざらむいくさの場《には》に立つもたたぬも

野分

しなざかる古志の国よりおくりこし梨を食ひけり野分《のわき》の夜《よる》に

やまの湯に秋のひと夜を更《ふ》かしつる昔もありき寂しき思ひ出

遺　書

やみがたきわれの命のかなしみを継ぎてゆくらむ子を思ふかも

大《おほ》御《み》手《て》振《ぶ》り神《かむ》ならへとぞ子がためによすがら祈るしぐれ降る夜を

影山正治　歌集　みたみわれ（抄）

悲願集

事破れ獄に下りて

山も裂かんいきどほりあり捕はれてひとり黙《もだ》して国を思へば

昭和八年七月十一日下獄、二ヶ月余を経てわが乙女の死を聞けり

恋に生き恋に死に得る世なりせば吾妹《わぎも》とこそは生き死なましを
益良雄《ますらを》がをとめひとりをわすれかねこのごろ多く夢に見る哉
皇城に向ひてはるかおろがめばこころ須我《すが》しも道に生くるわれは

同年十二月廿三日皇太子殿下の御誕生を拝聞して（二首）

葦原の瑞穂のくにを高照らしわが日の皇子《みこ》は生《あ》れましにけり

叢雲《むらくも》をきり断ちはらひ八十国《やそくに》を照らさむ君ぞこの日の皇子は

昭和九年新春を迎へて

ひねもすを壁にむかひてつねのごと黙《もだ》してあれどこころ新らし

鉄窓にあさ日かげさし雪晴れのこのしづけさに朝餉《あさげ》食み居り

雪の夜を高楼に居りてただひとり酒飲むと見て覚めし夢はも

佐世保港外に顚覆せる水雷艇「友鶴」乗組員の壁書を伝へ聞きて

死にのぞみただ大君の弥栄をいのれるまことわれを泣かしむ

同志中村の伯母飯田夫人に（三首）

よきひとの惜春《せきしゆん》の賦《ふ》を得てしより詩心やうやくととのひにけり

わが胸のうれひを分くる人ひとり天地《あめつち》のなかにありと思ほせ

春宵をこづくえによきはなすゑて平安朝のふみを見るかな

酒を想ふうた

うましくにわが日の本は神代ゆも酒と歌もてさきはへるくに
酒知らぬさかしら人ら酒責むるいとましあらば酒飲みならへ
うま酒にほろほろ酔ひて口ずさむ李白の酒詩は親しかりけり

歌を想ふうた

歌よむををそろのわざとな思ひそ大き益良雄はみな歌よめり
夏安居《げあんご》の窓外千里つきこよひ詩心はるかにむしを聴くかな
茄子《なす》じるの味よくなりて獄中に秋立つころやわれ酒をおもふ

満洲より飛行の追想

風かほる南満洲のそらゆけば高粱《カオリヤン》ばたけになみたてる見ゆ
とほつ世のことおもはする朝鮮《からくに》の野山も河もみなみどりなり
あまぎらふ玄海灘をひとすじに打越えくればこころはるけし

佐野、鍋山等共産党首脳部の転向をききて

口舌の徒、いたづらにおほくしてレニンの道のさみしかりけり

神のごと言ひける彼等コミンタンを民衆の敵のごとく言ふかな

満洲行追吟抄

美《うるは》しき整ひのうちに若きいのち秘め居る街とうるはしみ思へり　大連
アカシヤのしげりあかるくしづもりて昼の旅順の街はさびしも　旅順
街行けば古都のにほひありほのかにも奈良の都のおもほゆるかも
かたむきし鶏冠山の砲塁にあはれ野ぎくはいまさかりなり　東鶏冠山の北堡塁
合掌のおもひせつなり山頂のなかばうもれし堡塁に立てば
三万の英霊ねむる遼東の山河はとほく雲につらなる　二〇三高地
西瓜の種噛みつつ飲めば老酒《らをちう》のうすらあまきも親しかりけり　奉天にて
胡弓弾いてわれに聞かせし静かなる支那の乙女の脚《あし》細かりき
真澄みたる大空の下《もと》にひろごれる露天掘場《ろてんぼりば》に地虫鳴き居り　撫順
洮南《とおなん》のまちはかなしもしろじろと城壁も家も泥もてつくれり　洮南
ぼうぼうと草に入る日のとほくして蒙古の原ははてし知らずも　蒙古の原
支那馬車に揺《ゆら》れつつゆく古きみやこ吉林城に陽はななめなり　吉林

ハルピンの朝の巷《ちまた》にふと会ひしロシヤ乙女のひとみ忘れず　ハルピン

菊の返礼に飯田夫人へ

三尺の懸崖つぼみおほくしてことしの秋のたのもしきかな
房中の残暑にめづる菊一株《いっしゅ》つくつくほうしただに鳴き寄る

乙女の一周忌に

彼を悼《いた》むこのこころ遂にうたを成さず今宵のわれのいとほしきかも

秋雑詠

ますらをのこのひた心あはれあはれ弟妹は知らず兄をかなしむ
こころより酒のこひしき秋の夜のそのたまゆらを酒の歌よむ
仆《たほ》れつつ咲ける乏《とも》しきコスモスの花揺るるなり静かなる朝を
あざやかに鉄の格子の影見せて月はいま窓のまむかひにあり
秋ふかき窓の硝子は朝ごとにしたたるばかり息ぐもりせり
目を閉ぢて朝の大都《だいと》の遥かなる大きどよめきに今朝も聞き入る
雀の声今朝いつになく多ければわれもあかるく飯食《いひは》みにけり

母を想ふうた（二首）

送りくれしあたらしきタオル使ひつつ久しく見ざる母が目を恋ふ

食を断ち陰膳を据ゑて母なれば母なればこそいのりくるるか

初冬雑詠

穂薄《すすき》の揺れのまうへに真澄《ますみ》たる冬ちかき空を雲たちわたる

うつそみのさみしきことを詠みいでし茂吉の歌もこのごろ親し

朝晴れてあまねく置ける大霜のしみじみとして光り居るかな

折々のうた

朝はれてあまねくぬれし電柱の白く湯気吐くを見つつ安けし

酒壺《さかつぼ》にまくらしてひとり山荘にねむりてみたき春の宵かな

惜春の詩を賦《ふ》すゆふべくろがねの囚獄《ひとや》の窓に月ななめなり

並《な》み立てる小松の芽立《めだち》あざやかに五月の空は晴れわたりたり

友に（二首）

山峡《やまかひ》の雪降る村にたらちねとわが恋ふる友は冬ごもりせり

たたなづく遠つあふみの山々に雪降る見つつこもり居るらむ

飯田夫人の琵琶行の絵に題されし「弾き進む琵琶にも露の置くならめ」の句に和す（二首）

月青く秋水《しうすい》白しうきひとの琵琶に泣きつつ離酒《りしゆ》に酔ふかな

長安の酒家に弾かせしはるかなる王昭君もおもひ出づらむ

獄中心楽抄

楽しさは朝よく晴れてたまたまに味噌汁の実《み》の新らたなるとき

楽しさはふと目覚めしに雨やみて鉄の窓たかく月ありしとき

楽しさは頭刈《か》りたてひげもそりこゝろあかるくすずめ聞くとき

楽しさは山居《さんきよ》のごときこゝろもて唐《から》の詩などに親しめるとき

楽しさは母が手縫《てぬ》ひのにひごろもいやさや着つゝ母想ふとき

夏雑詠

こゝろゆくばかり伸びたる松の芽の針葉《はりは》となりて夏は来にけり

ひと坪の舎房《しやぼう》に吊れる青蚊帳《あをがや》の狭蚊帳《さがや》はひくく腹に垂れたり

かくてわが夜ごと巧みにおのが衣たゝみてありと誰か思はむ
狂ひたるとらはれびとのわめく声今朝激しもよ暑くなるらし
事破れわがとらはれし日なりきとこゝろふかき朝を初蟬鳴けり
朝涼《あさすゞ》の露しとゞなる獄庭《には》に立ちて地虫ひそかに鳴くを聞きをり
かそけくも鳴くなる鳥か朝雨《あさあめ》に鳩鳴く聞けばこゝろなごめり
夏の夜のしらしら明けをきよまりてわが大君の宮居おろがむ
皮ながらつやつや白き今年いもぢやがたらいもは汁に浮べり
窓高く風をとほさずひたすらにこもらひ居れば汗いでやまず
真夜《まよ》ふかく喉の渇きに目覚めたれ水なしにして虫を聞き居り
湯にひたりしづかなる夏の朝の間《ま》の心なごみに母をおもへり

友に

桔梗《ききよう》の蕾かたくふゝみて朝々につゆけきころやわれ君をおもふ
秋葉嶺《あきばね》や火の迦具土《かぐつち》の神まつるその秋葉嶺やきみがふるさと
牛五匹馬十二匹居りと云ふやまかひのまちにこゝろひかる

やまぐには秋立つはやし遠つあふみ気多《けた》の川瀬に鮎老いぬらむ

従姉たみ子に

うつそみの寂しきことも云ひ出でし君もしづかに母となるらし

乙女が二周忌の頃に

秋立つや細《くは》し乙女をうしなひしわがかなしみの新らたなるかも

祖父の十年忌に

清夜《せいや》うたゝ慈顔をおもふ慨世《がいせい》の愚孫《ぐそん》がなみだ享《う》けさせたまへ

御陣没五百五十年忌に当り征東将軍宗良親王を偲び奉る

高光る日の皇子《みこ》なれど君がため剣《つるぎ》いだきて野にも臥すかな

三尺のつるぎつえつきて五十年大義まもりて逝《ゆ》きし皇子《みこ》はも

孤軍よく錦旗まもりて東海に立てしまことは消ゆるときなし

その歌集を読みて内田良平先生に

筑紫なる平野次郎が燃ゆる火の火群《ほむら》と燃えし火にぞ燃えなむ

一千のうたよみゆけば鉄窓《てつそう》にうたゝ颪ありこころすがしも

八月十七日、検事の好意により始めて毛呂清輝、永代秀之、中村武彦及び星井真澄らと面談、実に満二年ぶりなり

ものいはずうるみたる眼《まなこ》ひたと寄せわが手を取りしその友らはや
抱《いだ》きしめて白きその頰《ほ》に熱き涙あふるるばかり泣かまくおもへり
青春のすべてを捧げこゝに居て悔いざる彼等われを泣かしむ

松永先生に贈る

大きなるさだめのわざや弟子となりてわれも師と呼ぶ貴かりけり
秋づくや一人黙《もだ》せばしくしくに師をおもふ心せぐり来るかも

酒を想ふうた

ふるさとの新酒のたより聞くころや断酒の酒徒に酒の歌あり
うま酒もくはし乙女の柔肌《やははだ》もますらをわれや恋ひざらめやも
賢《さか》しらに禁酒を説けるをそろ人うつそみの深き悲しみは知らじ
とほとかりけりわが葦原《あしはら》の八束穂《やつかほ》の足穂《たりほ》の美穂《みほ》ゆかもせる酒は

同郷の先憂松本奎堂を詠める

奎堂がひたすら燃えし一すぢの燃ゆる思ひはわれももち居り

ことやぶれ腹切り果てし奎堂がふかき悲願はわれももち居り

たらちねもはらからも妻も子もすてし奎堂がなげきわれももち居り

獄外抄

冨士を詠める

朝月のかたむき初《そ》めし茶の木山山《やま》なみのはてに冨士立てる見ゆ

神冨士は尊《とほと》きろかもうなかぶしいのらむこころとどめかねつも

楠公遺跡にて

蕭条《せうでう》と天曇り居る古戦趾《こせんし》やうれひに耐へずわがひとり行けば

友に与ふ

古梅《こばい》なほ咲きのこり居りしづけさのきはみにあれど心なごまず

秋風抄

大いなる悲願に生きむ国の子のそのかなしみゆ国あらたまる

昭和十一年九月二十二日の一斉検挙に連坐し獄中にて詠める

三千代に

はるばるにわれを見に来《こ》しけなげなる三千代を見れば涙落ちたり
あふれ出づる涙見せじとする肩のそのおののきはかなしかりけり

母を想ふ

天地の神にいのりて汝《な》がたてし悲願つらぬけと云ひし母はも
大君のためとしあらば愛《いと》し子の汝もさゝげむと云ひし母はも
ものまなび多くを知らぬわが母のやまとをごゝろ尊くありけり

続悲願集

昭和十一年七月十二日、処刑即夜上野駅に渋川君の遺骨を送る

すめらぎの国の乱れをひたなげき身もたな知らず立ちし友はや

大君のおほみごゝろをやすめむとこひ妻おきて立ちし友はや
白たへの布《きぬ》につゝみし骨いだきそのかの妻はうなじ垂れ居り
骨包み胸にいだきてうなかぶし泣かじとするを見ればかなしも
若草のそのこひ妻もたゞに置きて立ちし友はや賊と呼ばるゝ

昭和十二年元旦途上にて

松の影しづかにうつし青く澄めるお堀の水の面《みも》鴨群れ泳ぐ
おほらかに群れ泳ぐ鴨の静心しづかにおもへばひた和《なご》むわれは

二・二六事件一周年記念日に

春を浅み降り次ぐ雪をはらゝかしすめらみいくさはをたけび起てり
一千のすめらみいくさこぞり起ちましらと荒れしその日思ほゆ
そのまことそのかなしみの如何に如何に深きも知らに人賊と呼ぶ
日の本に賊とし云はゞ大君に射むかふものぞかれ賊ならむや
賊と呼び叛徒と呼ぶもそのまことそのかなしみは神知りたまふ

維新寮雑詠

相ゆるす友らと居りて道にはげむわれらが家《や》ぬち朝清めする
はたきもてうちはらひつゝ友がうたふ慷慨の歌あたりに響く
相ともに朝清めすと戸を出づれば犬駈け来《きた》りわれに飛びつく
春をあさみ朝寒むの気を肌にうけ素肌となりて水浴みんとす
さらさらに春の水浴み木太刀《きだち》とりうち振るなべに桜はな咲く
爽やかに春の水浴みみそぎする男の子男の子に花散りかかる

ふるさとにて詠める

妹《いも》とわが連れ歩みたるふるさとの田《た》みちを行けば蛙しば鳴く
朝の日をそがひにうけてわが行けばふるさとの土にわが影うつれる
ふるさとの春盛りなりたゝなはる青山にむかひおもふことなし
そのかみの男まさりのわが祖母の気はなごみつゝしづかなるかも
争ひて負けて帰れば入れざりし祖母は老いたまふ和《やは》らぎのうちに
祖母をおそれ祖父に抱《いだ》かれ夜々寝《い》ねしその年月の思ほゆるかも
自由党のつはものたりしわが祖父の老いの和らぎは尊とかりけり

老いらくののちを和らぎ神に仕へ祖父のみことは歌詠みたまひき

天長節の日同志と水戸へ行く

わが大君生《あ》れましにけるこのよき日眼《まなこ》をとぢてことほぎまつる
大君は神にしますとひたすらにまつらふこゝろ国かためする

相沢中佐一周忌に

おほいなる悲しみいだきおちたぎつ涙をふるひ斬りけむ君は
火と燃ゆる君がまことをうけつぎて国まもらむと我らは誓ふ
願はくは鬼神《おにがみ》となりてあまがけり国護《も》る子らをまもらせたまへ

所懐

おほみいづ障《さ》やる黒雲たちまちに斬りて棄つべき焼太刀もがも

天忠組の遺跡を訪ね鷲家に宿りし時

みよしの吉野の山のやまの間《ま》のさやけき川に河鹿しば鳴く
鳴く河鹿聞きつゝ居れば並み立てる山のは白《しら》み月出《いで》んとす
みよしの清き川瀬の橋に倚《よ》りやまとをとめは月に濡れ居り

傷をうけ戦ひやぶれ相たすけ秋のやま路を落ち来し子らはも

亡き内田良平先生を

君を思ひ静かに居れば熱き涙おのづからあり君がうた読む

ちゝのみの父とも思ひたのみたる君はゐまさず夏老いんとす

大洗にて

わが仰ぐ大きますらをこぞり出でし常陸国原見れど飽かぬかも

国の子集

もの言ひて顧みすればこゝろなきことも言ひ居りひとり悲しむ

人の子と生れしわれらいたらざる足らざる多し許して行かむ

至らざることのみ責《せ》めて争はば同志《とも》のむすびのあるべき筈なし

天が下に男の子男の子を相識《し》れる一大事因縁たふとび行かむ

うつそみはあはれはかなし今更に何をか言はむ手とりて行かん

展墓

わが恋ふる乙女かなしく逝《ゆ》きしより五つとせの秋ゆきにけるかも
秋あきを詣《まゐ》りやらむとおもひ来《こ》し乙女の墓にいましわれ立つ
石ひとつ置きたる墓や秋かぜに雑草のはなしろく咲き居り
石を撫《ぶ》しかぐろき髪の真乙女《まをとめ》をはるかにしぬび嘆きするかも
秋の水石に灑《そゝ》ぎて目を閉づるそのひとときのしづかなるかも

磨剣

物思はずしづかに澄める焼太刀にい向ふこゝろひたすらなるかも

常陸乙女に

梅の木を炭につくりておくり来し常陸乙女はこゝだかなしも
炭焼きておくりくれたる常陸のやうましをとめは歌詠む乙女
「鉢の木」のことなど書きて歌は無く乙女はたゞに便り来しかな
あをあをとすがしきかなや菅俵寄ればはつかに草の香ぞする
花咲ける梅が枝《え》入れしすがだはらひらけばくろき炭出できたる

ぬばたまのかぐろき炭を手にとれば炭は木肌のまゝに焼け居り
しづかなるこの夜をひとり茶を煮むとよき炭あるを心楽しむ
熱き茶の舌ににがきを心よしとにがきがまゝにわが含《ふふ》み居り
戦ひのつかれいたはり茶を煮つゝ乙女が炭に歌詠むわれは

帰郷

はるかなるふるさとの山おほらかに花曇る日を吾《あ》は帰り来ぬ
はるばるに旅を来つれば物恋ほしふるさとの山に涙止まらず

内田先生一周忌

大いなる君は居まさず国をおもひ頭《かうべ》を廻《めぐ》らせばわが胸いたむ
ますらをの道はかなしも志いやうけつぎてとまり知らずも
鬼百合の花咲き初《そ》めしこのあした君をおもひて嘆きするかも

夏山の湯

夏の夜のひそまり更《ふ》くる山の湯に遠き瀬の音ひとり聴きをり
女湯にしたゝり落つる湯のしづくしづかに聴けばまさびしきかも

わか松の芽立ち濡らして裏山にゆふべひそけく雲は降《お》りくる

満支を行く

壮志三度《みたび》大陸に入る楊柳の芽ぶきさやかなりあまねき春を
はるけくもまごころこめて祈る乙女いまのうつゝをその目身に沿ふ
発《た》ちの間《ま》のこゝろ急ぎに聞き捨てしかなしき言《こと》はいまにしておもふ
黄塵の収《おさ》まり晴れし北支那の真日《まひ》の照らひはやゝ身に暑し
プラタナスの白き花咲く夕まぐれひそかに燕低く群れ飛ぶ
大君のみことかしこみ百万のはらからこゝにきほひたゝかふ
若妻を驢馬の背に乗せ夕ぐれを農夫野路《のぢ》行く楽しくあるらし
遠船路《とほふなぢ》わが恋ひ来ればいましいまし日の本の山真向《まなか》ひにあり
しづかなる船路の果てをゆふぐれて港に入れば月かゝり居り
待ち待ちて待ちの極みを帰り来しわれを知らずて逝ける妹はも
己が死をかねて知れるかわがやりし剣磨《つるぎみが》きて逝ける妹《いも》はも
おほらかにわが身を持《ぢ》すと云ふといへど人知れずこゝろつかれつゝをり

冨士に登る

白樺のひともと立てるやすけさや朝霧のうちに湖《うみ》は明けゆく
さやけくも目覚むる湖《うみ》か天地《あめつち》の清きひとときと思はるゝまでに
雨をつきともと群れ行く裾野はら焼石くろくしとゞ濡れ居り
ますらをとともに雄々しく登り行く乙女三人《みたり》のくろかみ濡るゝ
神冨士の大いなるごと日の本のますらたけをは大いなるべし

酒徒漫吟

うつそみは淋しきものと酒飲むに乙女子一人ひそかに離れず
物言はずしづかに居りて酒をつぐ細き乙女の指をかなしむ
ほろほろに酔ひて李白の詩を歌ふわれに聴き入るその乙女はも
燃ゆるものうちにひそめて静かなる乙女をよしと酒飲むわれは
秋立つはかなしかりけり失ひしひとを恋ひつゝ酒に親しむ
酒飲むをともよとゞむな万斛《ばんこく》のなみだをためてわが飲む酒を

白樺に倚りて

まをとめのにほふがごとくほのかにも白樺林夕ぐれんとす
夕ぐれをやゝに冷えゆく白樺のこぬれひそけく雨は降り来る
なめらかに濡るゝ木肌《きはだ》にこの手触れ静かに居ればわが母おもほゆ
母を恋ひ人の子われや白樺の幹《みき》をなでつゝなげきするかも

三十の春

凡夫われ取るに足らずと云ふといへど国の子われと立たざらめやも
われ道に志してより十年のとしつきははや逝きにけるかも
青春のすべてをささげひとすぢに踏み来し道は涙に濡れ居り
われいまだ生きてあるかも既にして逝ける友らは待ちつつあらむに

迎春賦

やうやくに病ひ癒ゆるか春あさきこのごろもはら旅心わく
大陸ゆきたりし友とたづさへて春立つ街《まち》に出でにけるかも
夜《よ》を深く帰りきたればわが部屋に新たなる花活《い》けてあるかも
花を抱《いだ》き恥ぢらひ来つゝむなしくも乙女は一人帰りしと云ふか

しづかなる乙女さみしくこゝろこめ活けし花かもこの花花は
春を待つこゝろをどりに花と居て乙女かなしむ若さ失はず
大君にさゝげしわかきいのちもて清き乙女をかなしむわれは
あらゆるものみな焼きつくし清まりのいのち一つを捧げむわれは

益良雄の歌

かなしくも雄々しき道ぞ日の本のますらたけをの行くべき道は
ますらをの道大いなり神々にたゞに祈りて行くべくありけり
生きも死にも願はくはたゞますらをの道のまにまにあらしめたまへ
胸深く悲涙は秘めておほらかに笑《ゑ》みてあるかもますらたけをは
燃ゆる火の山にも似たり朝露の花にも似たりますらたけをは
燃ゆる血と熱き涙を胸にいだくますらたけをに歌無からめや
歌心内にもたざる男の子らとわれはかたらじますらをの道を
貧賤も威武も屈する能はざるますらをにしてまことの歌あり
をみなには恋ぞいのちの総《すべ》てなれどますらをはこゝに極まるべからず

恋にまさる尊きものを知らざれば遂にまことの男の子にあらず
酒知らずをみな軽《かろ》しめ歌もなきえせ男の子らは猿にかも似る
酒を愛しをみなを愛し歌を愛しますらをのこは国に死すべし

父を思ふ

ちゝのみの父の子なりと身にしみてこのごろ思ふ父が子なれば
若き日の多くを父と容《い》れざりしわれはや父をこゝろいたはる
生みの子と相容れざりし狷介《けんかい》のはげしき父も和《やは》らぎたまふ
家を棄て身を棄てたゞに国憂ふ憂ひに生きしわが父のみこと
道に生くるちゝのみの父のそのかなしみ此頃もはらわが思ひ居り
父と子とそのかなしみを同じくす深くおもへば涙とゞまらず
狷介の父の子なれば狷介のわれとなりしかわれは悔いざり
狷介の夫《つま》と子をもつたらちねの母はなげかず励ましたまふ
狂ふとも人は見るらむわが父のそのひたごゝろ尊くありけり
わがあほぐ渥美勝《まさる》とわが父と相比すべしといまにしておもふ

年《とし》ごとにわが面影《おもかげ》ぞ父に似るあはれわがうちに父はゐませり

続国の子集

送春譜

逝《ゆ》く春の夕べひそかにわが部屋の蘭花《らんくわ》音なく散りにけるかも
ゆふぐれを犬とわが入る夏ちかき松山に啼くはなにの鳥ぞも
松山をくだりて犬の行くまゝに行けば人焼く火葬場《やきば》に出でたり
おほいなる電動の音おこるところ煙もなくてひとは焼け居り
わがいのち幾許《いくばく》ならむ人を焼く音を聴きつゝ去りがてぬかも

大陸吟抄

そらみつ日本《やまと》の国にいまだなき大きいくさにわが遭へるかも
病むわれに寄するともらの深きおもひ深く知れどもわれ行かんとす
国憂ひ神に祈りて行く旅につゝがあらめやも友やすくおもへ

駅頭にわれをおくると壮行の古詩を吟じて立てる子らはや
今は亡《な》き乙女生れし淡路島真日《まひ》はしづかに照りとほり居り
乙女の骨抱ける島かかにかくに乙女は死せずわがうちにあり
はて知らぬ大海を行けばはて知らぬますらを心われに湧きくる
プラタナスひそかに揺るゝ南京の朝のどよめき底ひ知らずも
あらがねの土より生《は》えし民の吐くいぶきの声か朝鳴りどよむ
兵ら数千玄武湖畔に群れゐつゝ万里のおもひ相いだくらし
方七里満面のはちすいまやさかり数千の兵ら花をあいする
はらからの血汐にそめる土と思へばおろそかにして踏み行くべしや
黒々とうちひろごれる黄海のたゞなかにして月落ちんとす
アカシアの木々の緑の豊かなる青島に来て生ける思ひあり
海青く空はるかなり丘に立ち見つゝしあれば思ひはるかなり

大連神社々司水野久直君は大学時代のわが同窓なり、君の鬢に贈る（五首）

赤鬚のまばらうす鬚ながながにわがとも水野神につかふる
不可思議の鬚なるかもよ片々に思ふがまゝの向きに向き居り
若草のその恋妻もなにごとぞわが背《せ》の鬚をうやまひ居らず
そのかみの大宮人が舞ひしと云ふ雅楽納曾利《なそり》は聞けど飽かぬかも
四五人の楽人を率ゐおごそかに笛吹くときし鬚ものを言ふ
日の本の山河にたいし合掌す国の子われや泣かざらめやも

保田与重郎氏に

石に説くかなしみは言はず十年を戦ひ来たり歌よむわれは
浪人のかなしみを説ける君が文しみじみ触れて君おもふわれは
おほどかに君が文《ふみ》読みうたがはず真白真玉《ましろまたま》をわがおもひ居り
秋空のとほきをうつしくもりなき真剣《まつるぎ》さびて澄める君かも
恋のごとあふるゝおもひひとすぢにわが日の本のいのちに寄する
はらからのこゝろごゝろを相結ぶ日本の橋われもおもひ居り
君とわれうつそみの歳《とし》をひとしくす不可思議のえにしわれは尊ばむ

君に贈る歌つくらむと支那を行く旅のあけくれをおもひけるかも
道を説くなんぞかなしき言挙《ことあ》げせずひそかに歌ひわれは足りるに
満眼の悲涙に耐へて言挙げせずわれらはゆかむますらをの道を

へちまの歌

へちまの花ほのかに咲ける秋ゆふべひそかに寄りて水やりにけり
へちま食ふ薩摩男の子ら多くゐて秋たのもしくいまさかりなり
へちまの句残して逝ける子規がことこの頃われに身近かく思ほゆ
へちまの実一つ垂れゐる庭の朝へちまの肌もつゆしとゞなり

塾旗入魂の日に

清らかなる玉串さゝげ神のまへにぬかづくときし胸せまり来る
かくて我らこの旗のもとにますらをの道をし行かむ生きむと思はず
国のさまいよいよ迫り日の本の国の若子《わくご》が起たむ日近づく
かにかくに思ひ至ればかくてわが世にあることの耐へがてぬかも
千万言つひにむなしとおもふとき鬱結の歌わがうたふかも

秋の歌

散る木の葉しみじみ掃けば逝く秋の心もしぬに古里おもほゆ

冬近きひとひをこもり病床にゆふべつかれて茶を飲まむとす

われとわが心いたはり茶を煮つゝひそかに把《と》りて見る剣かな

憤りの歌

つらつらに思ひいたればいまの世のありのことごと憤ろしも

やすみししわが大君の大御心深くし思《も》へば耐へがてぬかも

たゝかひは外にひろごりくにたみは内にし飢ゆるおろそかならめや

飢せまるおほみたからら飢に耐へ国護らむと雄々しくいそしむ

大君のおほまへつぎみいかにいかにおほみたからは飢ゑつゝあるぞ

国のさま日々に迫れどまへつぎみ国改めのことはかりせず

日の本の国危ふしと起てる子ら多くは死せり誰れの罪ぞも

想母

人屋なる朝の湯にゐて遥かなるふるさとの母恋ひにけるかも

家風呂の朝湯にひたり人屋なる風呂おもひつゝ母想ふわれは
かの獄に下りしときゆ湯にひたり母おもふこと常となりたり
たゞ想ふのみにて足れりたらちねの母とふものは尊かりけり
ますらをと思へるわれや時にしてたらちねを恋ひ嘆きするかも

山中迎春譜

昭和十五年三月山下幸弘君と箱根強羅温泉に静養す

春あさき箱根山峡《やまかひ》ともと行けばほのしろじろと梅の花咲く
朝の湯にゆあみ疲れて物云はぬわれをいたはり友は物云ふ
春山に友とこもりて歌作るさびしきほどのしづごゝろはも
あさあさを春の山越えおほらかに大旅客機はどよみ過ぎゆく
箱根路を空より越ゆる人ら目に我が山住みの小屋見るらむか
春山に深くこもりてつらつらに遥けき妹《いも》を恋ひにけるかも
真椿《まつばき》の葉広瑞葉《はびろみづは》のみどりはのかげのつぼみはいまだ青しも
春の雨幾夜を降りし真椿の今日はひらきてあめに濡れ居り

五原城頭に屠腹自刃せる同志篠原市之助君を懐ひ涕涙胸底に流る、言を知らず、いささか思ひを歌に託し以て君が英霊に捧ぐ

オルドスの大平原をたちまちにうしほのごとく敵寄せ来《きた》る
押し寄する三千の敵騎拒《ふせ》がむとあはれ数十の男の子ら起てり
あひつぎて兵らはたほるいちだんは鬼隊長をつひにたほせり
我れありと隊長に代り起てる友つるぎ振ひてましらと荒るる
神のごとすさびにすさぶますらをを敵弾またもうちつらぬけり
敵弾をうくるやはるか東方にむかひて友はもろはだぬげり
大刀を腹に突き立てとものさけぶ万歳のこゑ城をゆるがす
おほ君の万歳のこゑほそるとき友はうちふすわがつゝ先きに
春あさき蒙古五原の城頭にたほれしとものの悲しみおもほゆ
そのかなしみ我れや背負ひてますらをの一すぢの道行き行かむとす
壮烈のとものの死を聞く春の朝なにごともなく花は咲きをり

言はむすべせむすべ知らにますらをの嘆きいやます努めむわれは

霧島吟行

病める身の疲れいたはりはるけくも恋ひ来し国に春逝かむとす
そらみつやまとの国のはじめなす古き国ぶりいま見つるかも
久かたの天《あめ》の雲霧おしわけて神天降《あも》りけむいにしへ思ほゆ
神ながらわが大君のふるさとの野山とおもへばあやにかしこし
若葉燃ゆ朱《あけ》の宮居にあからひくみめよき乙女神あそびする
とこしへにわが日の本のたらちねの母とます山去りがてぬかも
やはらかき馬草原の姫小松芽立ち濡らしてきりはれむとす
ほゝあかき霧島の子に馬引かせたびびとわれや裾野原行く
友二人こゝに生れてわれと知る不可思議のえにし尊ぶべかり
大いなる活《い》ける火の山桜島かへりみすればあまそゝり立つ
たちまちに火群《ほむら》と燃えし薩摩人《さつまびと》生めりし山か今も燃え居り

涙痕集

昭和十五年七月五日事に際して詠める

天が下に男の子はなきか男の子あらばいざいざ今し男の子ら起つべし

十年をいのちに懸けて血涙のわが事やぶるること足らざるか

十年を泣かざりされどわがこころ涙痕常にあらたなるかも

破れつゝ生きてあるかも天地《あめつち》に叫ばむこころ止めかねつも

鉄窓に朝の雨降るつらつらに難き男の子の生くる道おもふ

わが生くる一すぢの道極まりてかなしくはあれどわが生きむとす

わが大君いますと思ふその思ひわがかなしみはもの丶数ならず

米内内閣の崩壊を聞く

青桐の広葉のゆらぎさやさやに今宵の月夜《つくよ》澄みにけるかも

東天に月かゝりをりあほぎつゝ乏しき水に肌あらふわれは

調官に某女のことを語りて

若草のかなしき妹《いも》を人に語りこころせつなく目を閉ぢにけり
ますらをの妻とある身ぞ事々に雄々しくあれとひと夜《よ》祈れる

七月二十日夕脳貧血にて倒る

暑き日の夕べを倒れうつゝなし耐へむとすれどちからおよばず
うつそみのか弱きいのち護らむとこゝろ燃ゆれど身は疲れたり

二十一日医者来り注射

するどき針冷たく入るや衰ろへし腕のいたみはむしろ安けし

乙女を詠める

はつはつに今を笑《ゑ》めどもその夜一夜《ひとよ》われや泣けりとひそかに妹《いも》云ふ
日毎わが病床に来てみとりつゝ足らへる妹をかなしみ見をり

友らを想ふ

夏菊の白きにむかひせつなくも恋のごとくに友らおもへる

雑詠

日の本の道や衰ろふ日々にして衰ろふ見つゝなげかふわれは

淡々と水のごとくにあらむ願ひふかくもてども火と燃ゆわれは

八月六日血盟団事件の久木田君死去、十年の同志なり

血盟のともら相次ぎたほれゆく死ぬべきわれは生きつゝあるに
大君に捧げしいのちかにかくに悔いざりといへどこゝろかなしも

保田兄に

真清水の流るゝ如く秋立つやわがおもふ友に今日会へるかも
天地《あめつち》も焼き泯《ほろ》ぼさむ熱きおもひ云ふにすべなし歌読むわれは
おくやまの湖《うみ》のそこなる大石のひそめるごとくひそみ歌よむ

折々の歌

人の血をわが身にうつし疲れつゝおのれはげまし調べ受くるも
おほよその人の血潮の二割にもおよばずと云ふわが血潮あはれ
大君にわがおほかたの血は捧ぐ悔ゆることなし静かにわれ病む
生きも死にも神のまにまにあるべしとこゝろはつとに定まり動かず
事に死なず病ひに死なずうつそみのいのちしみじみわれを見詰むる

さんざしのしろき花咲くむらさきの硝子の甕《かめ》に夏逝かむとす

あめつちに声なしひとりものおもふ梧桐《あをぎり》の花散りにけるかも

尾崎士郎氏に

男の子の国美《う》まし三河の山川につながるいのちかなしみ思ほゆ

林房雄氏に

あさひさすかまくら山の夏木立大いなるべしますらを君は

保田与重郎氏に

君とわがぬなともゆらにむらぎもの心相触る恋ひざらめやも

留別の歌

みとりすと常のごとくに立働くしづけき妹《いも》の指のゆれはも

泣かじとは言へども妹や白百合の露けき如くうなじ垂れをり

若草のかなしき妹をひとり置きひとやに入ると爪剪《き》るわれは

目を伏せて言葉すくなき面《おも》やつれ子ろのいのちのひたすらなるかも

九月十九日雨、人々に送られて東京拘置所に入る

送り来し人らがまへにすはだかのわれは立ちをり今は別れなむ
寒き日をすはだかとなり病める身に青き着物は着せられにけり

萩を愛す

秋深く囹圄《ひとや》に病みてうやうやしこゝろひたすら萩にかよへる
白萩の花さかりなりまどに倚《よ》り見つつしあれば朝月わたる
露けくも萩のはな咲ききはまれるきよき朝けの虫の鳴きはも
萩咲くや壮士むなしくあるべきと空をあほげどせむすべ知らず
白萩の花散るなべに雀居てついばみあそぶそのはなはなを

鳩の歌

秋の夜をしとどにおける屋根の露鳩らきたりて朝すすりをり
鳩らみなおのもおのもの羽根の色脚《あし》をし見ればなべて紅《あか》きに
おどろきて鳩ら飛び立ちひとひらの胸毛は宙を静かにくだれり
鳩鳴くを友らも聞くや朝雨に濡れつつ鳴くをわれはききをり

雀の歌

風のまに窓より入れる雀の毛かなしきものとゆび触れにけり
雀らにこゝろは倚《よ》りておのづからひとやの生活慣《たつき》れにけるかも

菊に寄す

しづかなるひとこそよしとわが賞《め》づる白菊の花今さかりなり
菊の葉を指にすりもみしが香《かほ》り夕べをかげばほのかなるかも
ものなべて神にしゆだねうたがはずおほらかにして菊とをるかも

月の夜に

人の血を移しうゐたる気づかれにひそまりをれば月いでんとす
渡る月見つつおもへばうつそみのいのち短く道おほいなり

こころ

夜《よる》のまを歯の根ゆいでて固まれる血潮を吐けばさみしくもあるか
かつがつも血潮は残るいくそばくありのかぎりは捧げむたゞに
皮ながら林檎は食ぶる皮ながら梨はも食ぶるひとやにしあれば

倉田百三氏に

焼太刀の剣心《つるぎごころ》をふり起しはやも癒えたまへ世はただならず

小林秀雄氏に

わが生命《いのち》捧ぐべきものますと知らばますらたけをに悩みあらめやも

十一月二日執行停止にて出所、市立広尾病院に入院す

幾度《いくたび》かいのち死なむと起ちしわれ今さらさらに生きむと思へや
さらさらにいのち生きむと思はざり天地《あめつち》のままにただにありなむ
大いなる神のみことを畏《かしこ》みていのちは生きて出で来しわれは
かつがつもいのち保ちて外《と》に出づれば天つ日の光《かげ》あらたなるかも

みたみわれ

みたみわれおのれ驚く神代ゆも貫ぬき生きて来にしわれはや
みたみわれおのれ恐《かし》こむわが内に天津日嗣は神づまります
みたみわれおのれ死ぬともとこしへにいのちは生くるわが大君に

田中克己　詩篇

Ein Märchen

芝生のまんなかに噴泉《ふきあげ》があつた
それに影映して楡《にれ》の樹があつた
そこで或日七人の少女が輪舞《ルンデ》を踊つた
踊り疲れて坐らうとしたら椅子が六つしかなかつた
一人が立たされて泣きさうになつた
空は青く雲は白く風の薫る日だつた
その七人は結婚した　幸せだつた

だけどあの一人だけは早く夫を失つた
そして輪舞の日を憶ひ出して諦めるのだつた
あの楽しかつた日にも不運だつた自分のことを思ふと
ふしぎと心が鎮まるのだつた

報告

事件ノ性質上今ハ詳《ツマビラカ》ニ説クヲ得ナイガ
陰山《インシャン》ノ北麓——百霊廟《ポオリンミャオ》カ四子王府《スウツウワンフウ》ノ辺《アタリ》トデモシテオカウ——
ソコニ彼ガ率ヰテ駐屯シテヰタ蒙兵ノ一部隊ハ
突如兵変ヲ起シタ
尤モ蒙古兵将校達ハ既ニ数日前ヨリ逃亡ヲ開始シ
紅イ伝単*ハ屢々営内ニ見受ケラレタガ——
ソノ朝
彼ハ捕ヘラレテ審問モナク
軍帽ト佩剣トヲ昨日迄ノ従卒ニ奪ハレ

目隠シヲサレタ後銃殺サレタ
彼ノ肉ト骨トハ蒙古犬ノ一群ガ即刻食ヒ尽シ
移動シ去ツタ部隊ノ跡ニ残ツタモノハ
彼ガ日来《ヒゴロ》愛読シタ吉田松陰全集ノミダツタト云フ。

＊宣伝ビラ

秋の湖

僕たちは秋の半日を一緒に暮した
下り列車の三等席のきまりとて
膝つきあはせて親密に語つた
「北支は今はもう寒いことでせうね
私は筑波の北の麓の生れ
家には五人の子供があります
村人たちは旗立てて送つてくれました
東京には十日間とまつてゐました

あの畑に白いは蕎麦の花でせうか
なんと唐辛子が沢山植わつてますね
ここらは私のくにより ずつと豊かなことですね」
汽車は轟々と鉄路を走り
ひるすぎて一条の鉄橋を渡る
秋の遠江《とおとうみ》の浜名の湖
日は昃《かげ》り　船は帰る引佐《いなさ》の細江
山々はしづかに湖に影映し——
兵士はじつと眼をすゑて眺め
楽しげに云ひ出して僕を涙ぐます
「いくさのおかげで珍らしいところを見ました」

死者に敬礼せよ

死者に敬礼せよ
殷々と遠雷《とほいかづち》の如く轟き

わが友　歩兵中尉小寺範輝の柩車来れり
初咲きの菊　遅咲きのダリアみな白くして愁ひたり

思へば去年《こぞ》の夏　故里を立ち
山西は重畳たる山の国
幾何《いくばく》の敵《あだ》や打ちけん　雪や分けゝん
はた閻錫山の作らしめゐし罌粟畑や見けん
一片《ひとひら》の便りだに来ず

五月若葉の朝まだき
山国の山西を出で河南省博愛県の戦闘に
尖兵の長にはありき
チェコ機銃　篁より火を吐くに突撃し
田の畦に斃る　二十七歳なりき

初咲きの菊　遅咲きのダリヤみな白くして愁ひたり
わが友　歩兵中尉小寺範輝の柩車は去れり

殷々と遠雷の如く轟き——
死者に敬礼せよ

美しきことば

東洋の平和のためぞ
汝《な》が紅き血もて購《か》ひたる半島を清に還せと
馬車駆《か》りて三国の公使来りぬ
そのカフス　その手袋は白かりき
畏《かしこ》くも龍顔曇り　大詔《おほみこと》のらせたまはく
東洋の平和のためぞ　還し与へん——

かくわれが談《かた》りしときに生徒らの眼《まなこ》は燃えぬ
口惜《くちを》しと思ふなるべし　さはあれど
美しきことばなるかな　東洋の平和のためぞ
汝《な》が兄もいさみて征《ゆ》きし

美しきことばなるかな　このことば
やがて汝《なれ》らが大陸の戦《いくさ》の場《には》に
大御名《おほみな》とともに称《とな》へむことばにあれば。

夏　草

中央線の立川と八王子との間
夏草の中で軌道がカーヴするところ
そこに彼等は早くから待ち構へてゐた
日の丸と色んな懐《おも》ひとをもつて——
八時四十分松本行準急は疾駆する
カーヴでそれは一度速度を緩め
そのとき彼等は日に焦《や》けた顔を見る
万歳々々
万歳は大君の上にこそあれ
日に焦けた顔はこれより

長い軍《いくさ》に　暑い黄土に
いまいくつの歳を迎へることだらう
きりぎりす鳴く夏草のカーヴのところ
翻りひるがへり見えなくなつた日の丸を
いくそたび思ひ返して征《ゆ》くことだらう

大陸遠望

夕暮ごとに大海のほとりの丘に来て
西に向つて顧望するのが慣はしとなつた
いつも夕日の沈んだあとでは波が急に荒くなり
沢山の呟き声が聞え　その中には
いやなぶつ〳〵声がまじつてゐた
そしてその一つがかう云つた
「何のためにお前は何時もその方に向ふのだ
この海の彼方には鈍重な面貌をもち

五千年の譎詐《けつさ》と流血の歴史をもつた
黄色い民が村落を作り都会を建設し
そこで日々争ひ喧噪し蠢めき奔つてゐるだけだ
その他に何があつてお前は眺めてゐるのだ」
それに対し私は眉を揚げてかう答へた
「何ゆゑとか何のためとか問はないでくれよ
その問ひ方には賤しいものがまじつてゐるからな
しかし強いてお前に答へてやらう
わが祖《おや》たちが意志し　欲望したことで
なほ果されぬ大きな希《ねが》ひごとがあつて
それがおれの血を騒がせて止まないからだ」
かう云つたとき夕暮の蒼靄の中から
数多の塔《パゴダ》、あまたの拱橋《アーチ》、あまたの城楼などが
簇立し金色に輝くのが見えた。

皇紀二千六百年の朝

一番早い太陽の光線が
東経一五六度三二分　千島列島の占守島《シユムシユ》の絶巓をかすめたとき
この大いなる年の朝がはじまります
光の征矢《そや》がだん〴〵と花綵《はなづな》列島を西進し
富士の頂を真紅に染めるころには
近衛歩兵第一聯隊の起床喇叭も鳴りひゞき
わが家に吾子《あこ》が眼をひらきます
まだ西の方は眠つてゐますが　その眠りは
みな深い期待の夢を見てゐながらです
そして北京、済南、太原、開封、安慶、南京、杭州、
　南昌、武昌、広東、南寧の十一の省城では
眠らぬ人として歩哨が朝を待つてゐます
蒙古高原では軍馬たちが
朔風に鬣《たてがみ》を震はせながら高く嘶きます。

われらは

われらはベーリング海峡に堰堤を築くだらう
カムチャツカの花を食卓に飾り
カスピ海の鱘魚鮞《カヴィア》を食ひイスパハンの葡萄酒を大いに飲むだらう
われらは阿爾泰《アルタイ》山脈から金を採り、崑崙の玉を採るだらう
モスルの油田、コーカサスの油田、ボルネオの油田は
われらのためにその貴重な水を噴くだらう
われらはクラの地峡に運河を開鑿し
ゴビの沙漠に白楊を植ゑるだらう
われらはアジアから黄熱病と黒死病《ペスト》と虎列剌《コレラ》とを撲滅するだらう
波斯《ペルシャ》婦人から面帕《チャドル》をとり去り
蒙古人から喇嘛教をとり去るだらう
(印度人から大英帝国の首枷が除かれるのはそのずつと前であらう)

われらは成功する　われらは享受する
もしもわれらすべてが子供の夢を大人の意志と知慧とで遂行してゆくなら
そしてこれを夢想と嗤つた者どもの墓に
われらは尿《いばり》を注ぎかけるだらう

恥　辱

わが若き日は恥多し
前《さき》の欧洲大戦は
われが十九の時なりき
わが学校に独逸人　名をキュンメルといひけるが
語学教師の任にあり
日独国交断絶後　面《おもて》は常に愁ふれど
なほとゞまりて教へしを
十一月のことなりし
朝食《あさげ》のあとに号外の

我軍勝てるを報じたり

さてキュンメルの授業時は三時限なり
二時限の休憩時間に白墨《チヨウク》とり
われ勇敢に大書せり
青島已陥落矣《チンタオ・イスト・ゲファレン》 と
クラスメートは喝采し われは
文法的錯誤なきや数度確かめぬ

始業の鐘は鳴らされぬ
靴音とまり 扉《ドーア》あけ
渠《かれ》キュンメルは入り来しが
わが筆の跡見るやいな
その白皙の面《おもて》には 紅《あけ》さし やがて死者の如 蒼ざめ 踵《きびす》めぐらしぬ
再び起る喝采に われは首《かうべ》をあげざりき
——わが若き日は恥多し。

この頃

巷にいろいろ取沙汰がある
けふ私は軒しのぶに露を吹きながら
一寸それを思ひ出して吹き止めてみたが
隣家では謡をうたふしラヂオも聞えるし
私の心構へもそんなことで日々強くなる。

ハワイ爆撃行

宛然　一個の驕慢児
力を恃みて非理を唱導し
物に倚りて正義を圧服せんと欲す
空《むな》しく蒐め得たり艦と機と砲と
海外に盤踞して神州を呑むと想へり

一億国民みな切歯せしが
聖詔　既に下りて秋霜より烈し

時は維《こ》れ昭和十六年十二月八日
颶風未だ収まらず全天闇し
母艦々上　司令　命を伝へ
言々壮《さか》んにして復た厳を極《きは》む
紅顔の健児　目眦《もくじ》裂け
吾が生は皇国に享《う》く　死は布哇《ハワイ》
醜敵を屠り得て鴻恩に報ぜんと
挙手して機に上ればまた後顧せず

爆音轟々　敵空を圧し
金鯱《きんこ》一たび巨鯨に臨むと見しが
須臾に摧破し去る巨大艦
雲煙散じ去つて再《ま》た影を見ず
真珠湾頭　星条旗低し

捷報連《しき》りに故国に到り
山川歓呼して草木揺《ゆら》ぐ
盟邦また瞠目し　醜小狼狽す
吾れ国史の此の瞬間に生きたるを喜び
仰いで霊峰富士を望み見るに
暗雲一拭されて皎として白し

神軍

ハワイ海戦、マレイ沖海戦、比島馬来の敵前上陸と皇軍の到る処成功を見ざるなく、これひとへに神業と思ふより外なし。こゝに於いて作れる詩。

この朝《あした》　虚空に光り
神人《しんじん》の飛び交ふを見る
ひとり云ふ『戦《いくさ》ひ如何《いか》に』
答ふらく『皇軍《みいくさ》は

勝ちに勝ちたれ
子どもらが乗れる鳥舟《とりぶね》
あだつくに艦《ふね》うちつくし
沈めしは大艦《おほぶね》五つ
他もすべて役《やう》なくはせし
皇神《すめがみ》に申さむためと
急ぎゆくなり　さて卿《そこ》は』
曩《さき》のもの答へていはく
『南《みんなみ》の軍《いくさ》を見にと
皇神《すめがみ》の任《まけ》のまにまに
ゆくなれど　それもまた
同じくはあらむ　みいくさなれば』
さて後は言《こと》と絶えつつ
光るものまた姿なし。

日本を愛す

大内の御垣守ると
静けき御濠に影映しいつも常盤の松の老木《おいき》よ
われなんぢらがために日本を愛す

小《ち》さき手に小旗振り振り
万歳を先づおぼえたる幼子らよ
われなんぢらがために日本を愛す

ゆく夫《つま》が征衣につきし糸屑を
黙《もだ》して取りしその外に涙も見せぬ妻たちよ
われなんぢらがために日本を愛す

乗れる船外海に出づ
あな白き富士よ、そをめぐる箱根、愛鷹《あしたか》、日本の山よ

われなんぢらがために日本を愛す

死生有命

波高し　風強し
船艙　燈《ひ》暗く夜は闌《ふ》けたり
突如　緊急会報を伝ふ
敵潜水艦出没と
人々ガバとはね起きて
船中　凄気漲りぬ

波高し　風強し
二月の海の気は寒し
銃《つゝ》執《と》るも剣按ずるも術《すべ》知らぬ
報道隊にわれありて

眼《まなこ》つぶればあざやかに
大内山の緑見ゆ　死生　命《めい》あり
大君の　命《みこと》のまゝに――
枕引き　吾また眠りに陥りぬ。

牟田口兵団

ブキテマの三叉路附近
弾丸《たま》の雨　小止みなく降る
こゝ攻めし牟田口兵団
兵団長すでに傷く
ひのもとのたけきつはもの
あたらあたら　こゝに傷き
そこに斃るを　　伝令の
われは見たりき　聞きたりき
いまはのことば

陛下万歳
兵団長われは戦死す
おつ母《かあ》よ　おれは死ぬぞ　と

ブキテマの三叉路見れば
わが耳にいまも聞ゆる
わが眼にはいまなほ見ゆる
その姿　その雄叫《をたけ》びは。

敵降服

突撃の命令下り
戦車まづ準備を修め
歩兵その傍らに立つ
小隊長われ刀ぬきて
いまし行かん死なんとするに

なにゆゑぞ　背後ゆ伝ふ
突撃中止！

一瞬のしゞまのあとに
やがてやがて　大波のごと
万歳きこゆ　師団より
旅団、聯隊。聯隊ゆ
大隊、中隊。小隊に報あり
敵は降服すとぞ
おほみいつ極みなくして
敵《あだ》こゝになべて降りぬ
頰つたふ涙のあるを
知りつゝも恥ぢず

やがてまた命令来る
喫煙！　と
ああ　その煙草の旨かりしこと。

印度洋を見る

スリーマン高原にて

こゝより見れば巨《おほ》いなるかな
静かに湛へたりな　なんぢ印度洋
そは若きスタンフォード・ラッフルズが
夢を抱きて航《ゆ》きし海――その築きし
シンガポールが百年後
昭南の市と変るとは露だも知らず――
またダルブケルケの艦隊が
東洋遠征の満帆に風孕ませてゆきし海

いま知るや　汝の上を自在に航くは
日の丸挿《かざ》すわが艨艟　わが輸送船のみなるを
敵《あだ》の船　なべて沈みぬ　島蔭に隠れてゆくも許されず
左手《ゆんで》を見れば

象　虎の棲むスラワ火山そびえ立ち
山小屋の庭べには
仏桑花《ブガ・ラジヤ》赤く　金鶏草　黄なり
あゝ　印度洋　いつの日か　汝を見んと思ひきや
あゝ　スリーマン高原　われ生きてこゝに立たんといつか思ひし

万感　胸に溢れて語るとも尽きざらん
たゞその一端を述べて
家郷の遠征を懐《おも》ふに答へんとす。

別れの宴

さらに征くひとを送ると
わが設けし宴《うたげ》は貧し
一本のビールにあれど
この島に産せぬものぞ

いざ乾してゆきませといふ
征くひとはコップ挙げつつ
事なげにただ笑まふのみ
外面《ともの》には闇のせまりて
かがやくは国にゐしとき
見ざりし星　名をさへ知らず
この星の傾くまへに
新しき戦場《いくさば》に発《た》つ
ひとよ　また会ふ日はいつか
靖国の桜見ん日は
われとても生きてありとは
思はぬものを　いざコップ
乾してゆきませ　別るるまへに。

（スマトラにて）

わが従軍記

スマトラの北部、一万尺近きバリサン、ウィルヘルミナ両山脈に挟まれし谷に水田開発の行はれゐるを見にゆきしことあり。指導に当りゐし軍びとみちすがらの珈琲園のことも記すべけれど。

桜桃《さくらんぼ》みのるを見出で
よぢのぼりわれが採《と》るとき
木の下《もと》に集りし子ら
日本の子らに似たれば
一つづつ投げてやりしを
拾ひ食ふ。手のとゞく限りはとりつ
了《を》へぬとて下《お》りしわれには
「多謝多謝《トリマ・カシ・バニヤ》」かまびすし
この宵に傾き見えし
南十字のいろの清《さや》けさ

砲《つゝ》音《おと》はつひに聞かざる
わが従軍記繙《ひもど》くもかゝることのみ。

四季なきくに

ひととせを南にすごし
わが見しは勝ちに勝ち来て
さらになほよるひる分かぬ
つはもののまもりのかたさ

たたかひに四季なきことは
われも知る常夏のくに
紅き花凋むことなく
咲きつづく眺めに倦みぬ

友ありて便りをつたへ

ふるさとに山吹咲くと
色渋くしづけき庭に
なほ咲くと懐へばたぬし

いまわれも安けき家に
ひととせすごしおもふこと
とこなつのくににたたかふ
友どちに四季の便りを

スマトラにゐた七月末、山吹の咲く垣根のことを云つて来たのは、いまは兵として前線にある小高根二郎である。

ますらを還る

ちちははの国は紅葉し
篠原に霰たばしる時ちかづきぬ
たよりあり、功《いさを》し立てて

つはものはそのふるさとに神とし還る——

はじめての召しにゆきしは
北支那の紅葉するくに
かへり来て紅葉を見つつ
いひしことわれは忘れず
大陸の空いや青くその紅葉さらに紅しと

ふたたびを召されてゆきし
濠北はマダン、メラウケ、アイタベか
さだかに知らず——常夏の国にありける
紅葉なく青き空には
敵機のみ日がな舞ひたり

ますらをやいさを語らず
飛機のみか弾丸《たま》も送らぬ
ふるさとに恨みも云はず

三年経しけふたよりあり
——ふるさとに神とし還る。

私は生きて

早春の暖い日
南風の吹く入海に
私たちを載せた船は着いた
上陸してしばらく歩く
頂上まで雑木の茂つたなだらかな山
閉め切つた紙障子
蜜柑の皮の乾してある縁側
そんな風景の一つ一つを
私はたんねんに眺めながら
思ふことはたゞひとつ
あ、　私は　生きて

還つて来た！

哀　歌

あの曲り角をまがると
おまへの家が見えて来る
小川のよこの木々にかこまれた家だ
もうそこにはゐないのに
おまへが写真でのやうに
今日もしづかにそこで笑つてゐるやうに思ふ
泣いてゐる写真か　おこつてゐる写真
死ぬためにはそれらをのこすべきだ
僕はおまへのことを考へると
だまされたあとのやうにくやしくなる。

増田晃

詩集 白鳥（抄）

白鳥

しづかにゆるく
薔薇色の酒をながすやうに
いつか消えいるそのおもひ
白鳥がすべつてゆく……

あつい火の接吻《くちづけ》のあとの
おきどころないこころとアンジェリュスが
やさしい祈りをうたふとき

白鳥がすべつてゆく……
雪よりもはかなくとけやすく
藍いかがみにうつるその白
その白をなげくやうに夢みるやうに
白鳥がすべつてゆく……

その胸よりわかれるウエーヴのしわは
乱されたとも見えぬばかりに
いつか練絹のあはい疲れとなり
白鳥がすべつてゆく……

その白いまろい胸にわかれるなみは
ルビーのさざめきをこぼしうつし
白い手に消えてゆくまどろみのひとときを
白鳥がすべつてゆく……

夢によくみるこのひととき
夢のなかからみえてくる幾羽かの白鳥
ただすべつてゆくばかりで
白鳥がすべつてゆく……

桃の樹のうたへる

八千年の昔　私はまだ
道のべのたをやかな桃の樹にすぎなかつた。……

とある日　比良坂のかなたより
時ならぬ喚声のあがりくるを聞いた。
かなた咫尺も弁ぜぬ常世の闇のなかより
轟然たる稲妻が八百折に折れつつ
蛇のごと天に走りあがり谺するを聞いた。
その閃きのあひだに　走る大森林のごとく

見た事もない形相の軍が蒼白に現れる。
あたりの草木は逃れんとして髪を振乱し
大地を掃きつしきりに身悶えて泣きおびえた。
私は多くの黄金《きん》より重い桃子をかかへ、
神に祈りこの鶸なす若枝をさしのべた。……

しかしその時汚れた見すぼらしい小男が
息も切れ〲に何度も転んで膝をすりむぎ
私のもとに走りすがり夢中に実を捩ぎとり
迫りくる黄泉の兵らに恐しい力で投げ始めた。
一町と離れぬところで先鋒がそれにたぢろき
互に仆しあひ頭蓋を割られて逃げるのを私は見た。
かの雷神には己の大いなる落雷よりも
赤と緑に熟《う》れたこの小さな桃子がこはかつたのか。……

八千年の昔　私はまだ
道のべのたをやかな桃の樹にすぎなかつた。……

その男は弾む息抑へきれず歓喜し
踊り上つて泣狂ひながら私を抱いた。
「助かつたぞ、みんなおまへのお蔭だぞ、
熟《う》れたみづ〳〵しい実の唯一つのなかにも
あの黄泉《よみ》の全軍より勁い力があるぞ。
もし私の子孫が危く死にゆかんとする時は
その蜜になまめく一つの実で助けてくれ。
飢餓にくるしみ　親しき友に背かれ
子を失ひ妻に去られ希みなき日あらば、
微風が孕んだ一つの実で助けてやつてくれ。
けふこそおまへを意富加牟豆美《おほかみづみ》命と名づけ
蘇生の神となし大地に祝さう。」……

その男は語り乍ら見る見る中に大きくなり、
衣の穢れは落ちてざらめ雪となり晃めき初《そ》め、
その帯はかはつて白桃の虹となり朱に羞らひ、

その髪は山をゆるくつたひくる緑の露のごとく、
その燗々たる眼光は鳥刺に放つ矢のごとく、
そのたくましき腕《かひな》は花の蕋に濡れて大空にうごき、
全身からは白金の日光したゝりて雲つく大祖伊邪那岐命《おほおやいざなぎのみこと》となり
のつしのつしと歩きながら立去り玉ふた。………

春の雲

蠟雪がまだらに残つてゐます
どうだんの赤い芽が
灯《ひ》を点じたといつても
春の寂しいためいきは硝子窓にくもります

こひびとよ　あの蠟色の空に
ほら　さびしい雲が浮いてます

バルコン

海のみえるバルコン
　しつとり青む高麗芝のうへ
けふも快い圧迫がわが八月をたたへる。
　透きとほつた朝の清いめぐみは
ちらちら葡萄の葉蔭に明んでゐる。

私は夏の白磁の花瓶を見つめながら
けふもくる白いレエスの少女を思ひつづける。
明るいあさの野菜のやうに
　夏の日光がきらきらその髪にかゞやく。
「海にゆきませうよ」
　ああやがて健康な微笑が幸福な一日を迎へにくるのだ。

真紅や黄に盲ひたカンナの炎を

芭蕉の巻葉にうつして潮風がかよふ。
そして私は晴がましい胸の日光をかきわける。
ああ紺青の海につづく空の爽かさよ。
私は魚のやうな少女と一しよに
沖遠く幸を求めつつ泳いでゆかう。

鶏肋集

壱

柘榴をとりてわがうたひたる歌ひとつ、「おお神よ、かく柘榴の自《みづか》ら割りてかゞやきいづるは、御身がうるはしの業《わざ》のあらはれなり。御身は石塊ともおぼしき堅きものに、かへりてうるはしき欲念をあたへたまふ。」

弐

鑷子《けぬき》をとりてわが悔みたる、「神よ、たとへ世のひとすべてわれを拒むも、もし鑷子もて鬚ぬくをりに　わが屈托をも得ぬき玉はば
……」

参

薔薇のかをりをうたふわが歌、「薔薇よ、薔薇よ、汝《な》がかをりはわが愛しきの　くちに醸《か》めるわづかの酒を、身震ひつ羞らひしつつくち移さして飲ましむごとし。」

肆

飴をなめてわがうたひたる一息の歌、「神よ、われにあらゆる蘇生をきたらしめたまへ、わが渇きをば生ける水の井より　愛するものの撓む脣より医さしめたまへ。神よ、われを生かさしめたまへ、牧野の牛とともに水を吸ひ、獅子らとともにおとがひをば濡らさしめたまへ。」

伍

椿を見つつわがうたへる一息の歌、「なんじは生ける炬火《たいまつ》なり。
神はあめなる聖き火より尽きざるのあぶらを汝にそそぎぬ。」

陸

第一の詩章をなさんとしてわが祈るいのり、「われに第一の詩章
をなさしめたまへ。われをして天平の光明のみ后《きさき》をば頌さしめ、春
の宴げの燦めく宵をかなしましめたまへ。若草のべに春山の霞み壮《をと》
夫《こ》をして、藤を咲かしむの歌をうたはさしめ、愛すべき口ひろき邪
鬼をしては、一ふしのセレナアドをも聞かさしめ、われらの
いにしへの相聞のうたをば、ふたゝびわが口よりなさしめたまへ。」

漆

あはれ必ずや猪《しし》きたりわれを刺さむ。伏すむくろよりくれなゐの
花びら散らむ。あねもねよ、あねもねよ、汝《なれ》こそあはれわが願ふ
たゞ一つの喜びはた哀しみなれば……

捌

第二の詩章をなさんとしてわが祈るいのり、「われに第二の詩章をなさしめたまへ。われをして緑の蘆をきらしめ、笛吹きて姫君をたゝへまつる歌をなさしめたまへ。月のほてりに臈たけたるその面《おも》ざしを仰見しつつ　幸《さち》うすきわが来し方をうたはんとするその果敢《はかな》さよ。また百鬼つどふ夜々《よるよる》には、われをしてかれを護るうたをなさしめたまへ。有明しのかげに忍ぶ物怪《もののけ》には、はやく護法童子きたらしめたまへ。われらのいにしへの相聞のうたをば　ふたゝびわが口よりなさしめたまへ。」

玖

目刺をとりてうたへる。「神よ、かく目刺の眼の青く澄めるは、いたく賤しめられ日に干さるるも、なほ大海の荒々しきを忘れざるがゆゑなり。わが魂けふ虐げられ踏みしだかれて、なほ野牛の群のかけのぼりし　緑の草原の白桃の虹を忘れず。」

拾

神よこよひ、われは御身が水沫《みなわ》なり、砂まきおこし静かにふきいで、己《をの》があはれさへ知らざる身なり……

拾　壱

神は長き梭《をさ》もてアラクネを打ち、蜘蛛となし永らはしめぬ。われ今宵憤《いきどほ》りあり、にごれる村肝をおさへかねつつ、自ら縊るをさへ許さざりし　神が呪ひをうるはしと思へり。

拾　弐

鶏の肋骨の一すじを洗ひてうたふ、「神よ、人われを賤みて踏みにぢれども、われそを苦しみとせざれば、何の甲斐のあらむや。たとへけふ冬の泥濘にまみれて行方わかずとも、わが夢は霧を濾《こ》す虹なればなり。」

碑銘三章

○自爆三勇士の碑銘

日の御《み》いくさが進むべき路ひらかんと
自らを爆せしそのかみの勇士らここに眠る。
櫨こぼる久留米に産れ、仆れて神となりき。

○行方わかぬ戦死者の碑銘

行人よ、心してふるさとの人人に伝へよ。
わが雄々しきいくさ跡には彼岸花朱《あか》く咲きしも、
むくろは堀割《クリーク》の水に奪はれ神となれば、
つひに再びふるさとの門を見ることなし。

○いまだ少年なる兵士らのための碑銘

道ゆく人よ、未《いま》だ妻もなきこの若さにして

勇み仆れし神々のために泪せよ。
二百十日の風やみて夕空晴るるも
あやまちて折りし椎の若木はかへらず。

こひびと

美しきあぶらしたたり
金のあぶらしたたりおつるごとく
きみをあらしめたまへ
百合の花つゆに垂れしなひ
ましろの百合匂ひたかきごとく
きみをあらしめたまへ
いろ紅き薔薇雨に濡れ
濡れし蕾やはらふふめるごとく

きみをあらしめたまへ
つめたき御空《みそら》のいろ水にうつり
御空のいろの暮れゆくごとく
きみをあらしめたまへ
ましろの雪のひややけく
ましろの雪の柔らかきごとく
きみをあらしめたまへ

水の反映

黄いろい月がかたぶきながら
赤紫の貝やぐらを薫らすやうに
　水がかがやく　かがやきながら……

日に燃える灼金のはちすに
神々の讃へのうたが匂ふやうに
　　　　　　　　水がかがやく

黒水晶を撒くアコーデイオンの音いろ
青い薄荷のにほひ　ゆめの蛍
水がかがやく　かがやきながら……

若草のやうにふるへる睫毛を
まぶしさうに伏せて羞かみながら
　　　　　　　　水がかがやく

水がかがやく　漣がうつる
見のこした夢を思ひだしたやうに
かすかな笑ひ声をたてて漣がうつる

枯くさがほつかり積んであるあたりで

桜草の恋のうたがまどろむやうに
　水がうたふ　うたひながら……
ピアノの白いキイを走る指が
みだれてほぐれて吹雪のやうに
　　　　　　　　水がうたふ

幼いころほの〴〵聞いたあの子守歌
桃太郎のもつてゐた白い旗印を
　水がうたふ　うたひながら……
お母さん　白金の蛍　蛍のやうな私
さういひながらも　ついうとうととして
　　　　　　　　水がうたふ
　水がかがやく　漣がうつる
見のこした夢を思ひだしたやうに

かすかな笑ひ声をたてて漣がうつる

哀歌

肌さむの秋ゆふぐれの日のほてり
星うつる水ほどの蕭やぎに
身をよせて大いなるピアノによれば
その頃なりし　はや葡萄《えび》の実も
紅《くれなゐ》ふかき頃にしてわがひとの
いまだ世に健やけきその頃なりし
薔薇いろおぼろの秋のゆふぐれ
くろき鏡のピアノにゆびふれ
シヨパンがワルツ三番を弾きたまへる
きみがうしろに寄りそひしまま
胡蝶の肩に手をうちかけて
泣かましと誘《さそ》ひしはその頃なりし

されどそれより幾年経《いくとせ》けむ
冷ききみの指《および》を撫でつつ
通夜する身ぞと思はざりし
かの噴水《ふきあげ》のかげ　白き露台
きみが情けに泣きし日はあれど
その日はや鋭《と》き爪の死の病ひは
おそろしき青薬瓶の匂ひとともに
きみが肉身を蝕みゐしにあらずや
われらが恋はかのうるし葉の秋の光に
うすく散り果つ柳葉《やなぎ》に如かず
復讐とがらんどうの死の病ひは
われを遠ざけし小さき胸に
鋭きあきらめとあざけりを浴せ
また寝ねず夜に衰へたるわが体には
恐しき釘を当てしにあらずや
けふわれピアノにワルツを弾けば
わが背にかげのごと寄りて泣くもの

肌さむの秋ゆふぐれの入日ぐも
鶏頭にさえて冷えまさるなり

かへし

われもし逝かば花ちる下の
ゆきし人のやすき眠りに
添ひてねむらん
かかる折なほ優しき鳥よ
わが嘆きをば歌はざる………

冬近し

おもひしづかな朝焼に
銀のナイフを研がしめよ
冬待つ雲のほの明み……

雪

清楚な枇杷の花のにほひが
街いつぱいにあふれる朝である。

巴旦杏

その母は紅い柘榴の一粒を
あやまつて雪にこぼし急に産気づいた。
かすかな震へが冷いその額に上《のぼ》つたときには
その母はもうあはい瞼に覆はれてゐた。
白い骨になつて埋《う》められたその母のやうに
巴旦杏の実はいつになつても哀しく青かつた。

笛歌

蒲の穂の穂さきがくれに
二日月うすくかすめば
おもふことあはれ遥けし
野のはての群れ鶸どりの
おちおちてけふも旅ゆく

——野辺山牧場にて

法隆寺金堂天蓋天女に寄す

花と葉の板のほのほに
口長くむすぶ天人あはれ
唐《から》の琵琶小さく掻き寄せ
眉たかく絶えいるばかり

飛鳥は朱にさびつつ……

爪を染める

大川のほとり七月の夜気のものうきおもひの
鳩尾《みぞおち》にしむそのやるせなさ　もの秘めたさの戯れごころ……
つれ〴〵に爪染めかはし身近きゆゑのそなたの髪の
ほのけき炭火であぶられる息ぐるしさ……
こひびとよ　お見せ　蛍よりもいぢらしいおぼろな爪を
いま爪紅《つまくれ》で薔薇いろに染めたばかりの爪をお見せ……
(玉虫の緑金の繻子より脆く
朱《あけ》の小箱のほつくよりやわく
赤いぼんねの紐よりうすく
すうぷにとけゆく麹麺よりかたい
おまへの光つた爪を見せて……)

こひびとよ　文月の夜《よ》の七夕すぎの
物干に涼むこころのその稚さ　その哀れさ………
身近に匂ふ甘酸いそなたの髪に酔ひながら
かなた光沸く街のどよもしを聞くその切なさ………
こひびとよ　夏の夜気のたのしい戯れごころに
お見せ　今染めた可愛い爪　爪紅《つまくれ》に濡れたるこころを………

鎮魂歌

わが魂よやすらへ
伽藍のかねのものうい余韻に
凋む秋薔薇のたましひよやすらへ………
林は湿《しめ》やぎ　空はわすれ
名も明さない山山はめぐり
否んで答へぬ海にぞやすらへ………

暁夕《あさゆふ》くもは地平をつつみ
無心の獣《けもの》は自らの息をきく
その儚いうつろひのうちにぞやすらへ……

わが魂よやすらへ
大海のほとり轟《とど》ろなる怒号の絶間
天地《あめつち》の沈黙のあひだにぞやすらへ……

日輪の語れる

人々よ　われは来るべき人間を信ず。わが夏の弓はその人の花の腕《かひな》に引きしぼられむ。人々よ　われは日輪なり、すべて哀れなる処刑囚の解放者なり、教育者なり。
人々よ　野菜や魚を商へる市場に、煤煙いぶりたる工場に　土の見えざる石畳の広場に、汝らは歩み佇み激昂すれども、絶えて己が囚人なるを　悲しみの徒弟なるを知らざるなり。

かつて人間は過ぎし日と来る日を知る時ありて鳥獣に打克ちぬ。されど見よ、汝らは今日復讐と危惧にもえつつかくも流浪す。汝ら嬉び悲しみ怒り怖れつつ歩めども、見よ　その影は極めて薄し。そは汝ら既に命了へしものか或は流産せるものなるが故なり。

人々よ　嬰児は長じて成人となれども、成人の長じて再び嬰児となるは稀なり。かれらは中途にして事きるるか、或は老人となりて生存す。われまこと汝らに告ぐ、汝ら昨日を患ふなかれ　明日に惑ふなかれ。われと共に脈搏し　呼吸し　歩行せよ。

人々よ、今日汝が法馬《ふんどう》を擲ち、汝が巻尺を捨てよ。己が血と肉もて箴言せよ、己が呼吸と声帯もて作歌せよ。かくて産れ更るべき人間は再び嬰児なり、かゝる生命の肯定者なり、新しき精神なり　肉体なり。

われは常に驚愕せるものを愛す、そは生命はたえず瞠目するもののみに与へらるゝが故なり。驚愕せざるものは自ら萎えて死せり。

われは常に肯定せるものを愛す、そは自ら切捨てし爪をさへ蘇生しうべけばなり。否定せるものは自ら萎えて死せり。

われは常に報酬を求めざるものを愛す、そは自らよりも自らの純潔を愛するが故なり。報酬を求むるものは自ら萎えて死せり。

われは常に恐怖を知らざるものを愛す、そはあらゆる奇術を一瞬に果しうべけばなり。恐怖するものは自ら萎えて死せり。

われは常に掘下げざるものを愛す、掘下ぐるものはその穴の底に全身の自由を失ふが故なり。土を掘るものは自ら萎えて死せり。

われは常に規定せざるものを愛す、そは溢れ泡立つ春の土壌と共なればなり。規定するものは自ら萎えて死せり。

人々よ　われは紅《くれなゐ》の罌粟と薊《あざみ》を愛す、戦闘と愛撫と沈黙を愛す、ざわめく緑草に身をうづめる嬰児を愛す、われは湖に張りたる氷を裂きて渡るごとき跫音を信ず。

人々よ　心ふかき夫にまもらるる妻のごとく、飾りなき微笑もちてわれと共に来れ、見よ　われは日輪なり、われは雛の軸ほどく筈なり、産屋をきづく鳶師なり。見よ　われは汝ら処刑囚の解放者なり教育者なり。われは汝らを新しきかなてこに横ふ鍛冶工なり、鞴《ふいご》なり。

山川弘至　詩篇／評論 詩人の責務について

ふるさと

そこに明るい谷間があり
そこに緑の山々まはりを取りまき
そこに深き空青々とたたへゐたりき
おほぞらを渡りて吹きし風のひびきよ
あかるく照りし陽の光よ　木々のそよぎよ
雲はしづかに　白く淡く
かの渓流のよどみに映りゐたりき

ああ思ひ出づ　かの美はしき時の流れを
ああ思ひ出づ　かの遥かなる日々の移りを
かしこに　我が古き日の幸は眠りたるなり
かしこに　かの童話と伝説は眠りたるなり
思へども思ひ見がたき　かの遠き日は眠りたるなり

かの山深き谷峡の村に我が帰らむ日
かのふるさとなる古く大きなる家に我が帰らむ日
太陽はげに美はしく四辺を照らし
あまねく古き日のことどもよみがへられ
あまねく遠き日の夢はよみがへらむ

げに　古く久しく限りなきものよ
汝！　そは　ふるさと
げに　常に遠くありて思ふものよ
汝！　そは　ふるさと
我　かのしづかなる山ふところに　いつか

常《トコ》とはに帰り休らはむ日
そこにこそ　かの背戸山の静かなる日溜りに
幾代もの祖先ら温かくそのしたに眠りたる
かのなつかしき数基の墓石
我が　やがて帰らむ日を　待ちてあらむ

うみにちかふ

松風がはたはたとはまべをならし
波が白いあわをかんで
はてしない深夜のうねりを
とほくここにつたへて来た
私のたつこのくがのはて
とほく私は旅しつづけ
こよひしづかなうみのほとり

ひとり満天の星をあふいでゐる

はてしないわたつみのなみよ
おまへはしつてゐるだらうか
このなつかしい大和島根の
いできはじめてからの久しい時を

はてしないなみのひびきよ
我がうからの遠つ祖たちが
久しい代々をみづくかばねかへりみなくて
日本の理想をまもりつたへたことを
お前はしつてゐるだらう

私はおまへのまへにちかひいのり
おまへのふかい情熱と叡智のまへに
とほい日本の血統のつながりをよびさまし
おまへのまへにちかふのだ

このすがしくうるはしい日本の国土
久しくみつづけたおまへのまへに
わたしはかたくちかつていのちをかけ
この悠久の国土の美のこころを
まもりとげてゆきたいとおもふ

このみち

このみちを　たちどまりつつ　我は来ぬ
このみちを　ひたなげきつつ　我は来ぬ
このみちは　ひとりのみちぞ
このみちは　とほくとほりて
このみちは　ゆくひとなくて
秋暮れぬ　ゆくひとなくて

このみちは　ゆくひとなくて
み冬づき　雪は降り来ぬ
み冬づき　年は暮れぬる
このみちは　ゆくひとなくて
このみちは　さみしきみちぞ
このみちの　さみしきみちを
われは来ぬ　ただひとり来ぬ

このみちに　立ちどまりつつ
されどわが　このみちを　ひたにあゆみぬ
われは来ぬ　このひとりのみちを
わがゆけば　このみちのさみしきみちを
はたいつの日か　たれかゆくらん

二月の小夜曲《セレナーデ》

雪まじり　昨夜《きぞ》の雨はあがれり
節分も　はやすぎし
二月の街を　わがゆけば
春の風は　ほのかにも　わが頬をはらひ
かしこの木立の梢にあたりて　唱ふなり
唱うて曰く
楽しきかな　楽しきかな
二月　楽しきかなと
まことに　然なり
されど　汝が唱《うた》は　かの遠き日の唱にあらず
　　汝が声は　かの幼き日の唱歌にあらざるなり
かの遠き山脈のふもとにして聞きし
わがいとけなき日の音にあらざるなり
わがふるさとの板屋根を吹きし音にあらざるなり

われいくたびか二月を迎へ二月を送り
再び　二月の風は巷にたはむる
然れども　路に遊ぶ童らの　遊び
わが遠き日の遊びには似ず
道をゆく少女らの唇
わが遠き日に聞きし言葉を語らず
ふるき調べは帰り来ず

げに如月の空青み
春は幾度めぐれども
汝の調べは　遠き日の
遠き調べに　似ざるかな
古き調べに　似ざるかな

春の挽歌

春がたけてさびしい雨が来た
今宵もしとしとと土をぬらし
いたましいひびきを窓がらすにたたく
なんとお前はさびしい雨だらう
ひとびとはこよひあたたかなまどゐにつかれ
今ごろはしづかにねむつてゐると云ふのに
私は今宵もひとり机にむかひ
春ゆく日の別れのかなしみを
しきりにおまへのあはれにしづかな跫音《あしおと》に
夜ふくるまで思つてゐる
今宵もお前はいたましい春のうたを
このひとりの草莽《さうまう》の詩人に聞かすのか
春がやがてゆくと言ふ日
たのしくやさしかつた佐保姫のお車が

やがて明るい悲しみをたたへて
私の前から遠ざかると言ふ日
お前はかくもさみしい音をたてて
このよるべない地下《ぢげ》の文士の
名もないひとりの若者のかなしみを
かくもひたひたとかきたてるのか
桜がいたいたしく雨にぬれて
緋の色のやがて泥土にしみゆくとき
何とはなやかな私の春は
いたましいお前のまどゆする挽歌に
やがておともなく去つてゆくことか

私が死んだら

私が死んだら
私は青い草のなかにうづまり

こけむしたちひさな石をかづき
青い大空のしづかなくものゆきかひを
いつまでもだまつてながめてゐよう。
それはかなしくもなくうれしくもなく
何となつかしくたのしいすまひであらう。
白い雲がおとなくながれ
嵐が時にうなつて頭上の木々をゆすぶり
ある朝は名も知らぬ小鳥来てちちとなき
春がくればあかいうら青い芽がふき出して
私のあたまのうへの土をもたげ
わたしのかづいてゐる石には
無数の紅の花びらがまふであらう。
そして音もなく私のねむる土にちりうづみ
やがて秋がくると枯葉が
一面にちりしくだらう。
私はそこでたのしくもなくかなしくもなく
ぢつと土をかづいてながいねむりに入るだらう。

それはなんとなつかしいことか
黒くしめつたにほひをただよはせ
私の祖父や曾祖父や
そのさき幾代も幾代もの祖先たちが
やはりしづかにねむるなつかしい土
その土の香になつかしい日本の香をかぎ
青い日本の空の下で
私は日ごとこけむす石をかづき
天ゆく風のおとをきくだらう。
そして時には時雨がそよそよとわたり
あるときは白い雪がきれいにうづめるだらう。
それはなんとなつかしいことか
そこは父祖のみ魂のこもる日本の土
そこでわたしはぢつといこひつつ
いつまでもこの国土をながめてゐたい。
ただわたしのひとつのねがひは
――ねがはくは　花のもとにて　春死なん

そのきさらぎのもち月のころ——

草かげになげけば

何か魂あくがれ天がけるさびしいひと時が
ふとわたしの心にあたまをもたげ
かなしいお前への思慕のこころが
はてしないノスタルジイをかきたてる
はてしない青葉の波が
一面にゆらゆらとかがやいて
天の原ふりさけみれば
ひたひたとうら青い五月の空から
輝く白がねの波がよせてくる
かそかなひとつの草の葉ずれすら
そこしれぬかなしみもて私をおそひ
はりわたされた玉の緒のさゆらぎが

たえなばたえんばかりになりわたる
ぎらぎらと輝く若葉の光ながれ
かなしいお前への思慕が
今わたしをつきのめし
くるめくばかりの天地のかがやきのうち
私は息をのんでたふれふす

真夏の幻想

らんらんたるうづをまいて
はろかにわきおこる天の邪気
かぎりない虚空のはてに
白々と真夏のけはひ立ちそめて
しづかにわきあがるとほいをたけび
あらゆるものはうづをまいてまきかへり
ぎらぎらと真夏の光にかがよへば

今この山島の空の彼方
かみふりみだした天の邪気は
ごうごうとすさまじい光のなか
ほのほのくるまをかつて向つてくる

吉野詠

吉野朝の追想がかなしいしらべを胸にかきたて
おぼほしく延元陵上なくほととぎす
名も高い春はな山一面にちりすぎて
今青葉の若葉のにほふ崖《ほき》の路
みちの辺の木草にも涙わき
はろかにおこる少年の日のいきどほり
とよもしきたりとよもし去る夏の青嵐に
とほくきこゆるか五十年の悲歌のこゑ
そはなべてかなしき少年の日の

心かきたてるひとすぢの唱歌のしらべ
今又はろかによみがへり来り
わがすべもない悲歌となる
ふるびとらここに涙ながし血をながし
今われここに草ふかきところなみだおとす
さりゆけばなべてかなし吉野朝五十年
月卿雲客《げっけいうんかく》の悲歌雲にまがひ空をわたつて
忠烈のもののふのちかひ又あらた
今年はじめて吉野の山をたづぬれば
山々はろかに蒼天につづき谷声なく
行人うれふれどもたづぬるによしなく
名もなき大和島根の草莽の詩人
はてしなき天がしたひとりかなしむ
吉野の帝のみ心今我が心をつき
延元陵前ひとりささぐ一輪の紅の夏花
空は只あをく山々みどりいよいよふかく
一声雲居にまがふ山ほととぎす

秋のまち

秋のまちひとつひとつに灯をともし
このまちいつかわが来しまちのやうな
それでゐてみもしらぬ異郷のまちのやうに
なにかのこる夏のあつささへ
いまはただせつない追さうのうれひとなり
ほのかにあせばむ秋のまち
ひとりともしきたもとを風にふかせ
とほくはてもなくあゆみゆく
ひとつひとつに町の灯ともりゆき
ゆきゆきてつきせぬこのまちのみち
とほい星が屋根のあはひにまたたき
知りびとはおそらくゆきあひさうもない秋の町

日本の夜の空

ああやがて　日本を去つて
遠い青海を　渡るといふことが
かくも日本の夜の空を美しいものに思はせるのだらうか

私の二十九年の今日の日までに
いちどもなかつたやうに　おもへる
美しい今宵の空

月の光が　しづかに流れ
そのむかふで　無数の星屑が
こぼれるやうに　語りかけた

どうして　こんなに美しい空を
二十九年もの間　私は知らなかつたのであらう

どうして　私は　気がつかなかつたのであらう
それは　私が今までに
どこで見た　空よりも　美しく
どこで見た　空よりも　ふかくかぎりない

私は　遠い少年の日を　思ひ出す
ふるさとの　古い大きな家の縁側で
星がいっぱいの　ふかい空を　ながめたこと

さらに　さらに　遠い日のこと
もうはつきり　おぼえぬほどの　むかし
母の膝に抱かれて見た　あの山町の夜の空
また　お前と　はじめての旅の夜の空
そして　お前と　はじめて我が師をおとづれた夜の空
我々二人に　なにかじつと見つめてまたたいた　夜の空

あの去つた日の　すべての美しかつた夜の空の一さいが
ああ　今宵の空のうちに　みなこめられて
ひとつひとつが　やがて日本を去らうとする
私に　むかつて　せつなく語りかけて　くれるやうな

詩人の責務について

――このねがひひそかなれども語りつぎ言ひつぎゆかむ大和島根に――

時代がこんな風に至難な時に向かってくると、人々ははじめて詩といふものの永遠性と、それがもつ詩情の真の意味について考へるやうになるものである。御代泰平の時は泰平になれてさほどでもないものであるが、世のなかが困難になってくると、何かまことの精神が回想され、真のいのちといふものが生れてくるやうになるものである。今日の日本はまさしくかかる時代に直面してゐるといっていいのである。そして本当に正しい皇国の血統と古典といふものが、真の決意となって、遠い遠つみ祖の日の祈願のすがたそのままに、ふたたび我らの民族の血に、歴史の回想となってよみがへってくるのである。

かかる日にこそ人々は、真の詩とは果して何であり、真の精神の発現とは、いかなる時に、いかなる永遠につらなって絶対であるかを考へるにいたるのである。かかる時代といふものは、幾百年かのこの国の歴史を、時代をかぎる単位としたところで、そんなに多くあるものではないのである。そしてかかる時に、真の精神が回想され、真の国の歴史が考へられ、真の古典の血統にたった民族の決意がひらかれるのである。世道人心に真にふれて、本当の人々の慟哭といったものが考へられるのは、実にかかる時代をおいて他に存せぬのである。真の詩精神といったものは、まさしくかかる時代にこそよみがへり、我らの民族をやみがたい浪曼的な決意にかりたてて、崇高な理想に捨身せしめるごときものなのである。真の詩精神の慟哭といふものは、在来太平のみ代の所謂詩人の心のひらきかたを、単なる風物の描写や日常茶飯の抒情にかりるごときものではない。それは窮極においては、うつそみのいのちを、高貴な理想と永遠なる悲願のために捨身するごとき詩情を言ふのである。そして今日の時代といふものは、まさしくかかる決意をもって、わが詩人らが捨身せねばならぬ時代である。かかる日にこそ真の詩情といふものが、民族のカオスの慟哭において、永遠に連綿たる血の回想においてのみ、ただひとすぢに神聖な火つぎとして擁護され、しかもあたらしい世代をひらく決意の祈願として、捨身してその国の詩心の永遠を示さねばならぬことを知るべきである。

私はかかる意味において我が国の昨今の詩の立場を考へ、文学の立場を考へるのである。そして日本の永遠の詩心といふものが、所謂世俗の便宜功利の徒輩の、政策的ジャーナリズムにのった教化宣伝にあらずして、神代以来連綿として神聖なる火つぎのふみの心としてもちつたへられ、つねに国あやふき乱世至難の日において、遠つみ祖の啓示の声として、はてしない天空の青き彼方より、我が民族らに無限の決意の勇気のよりどころをしめし、うつそみをこえて皇国の詩情の伝統につらなる文学の永遠性を示したことを知らねばならぬのである。

しかも我らは代々の日本の文芸が、つねに乱世至難の日を連綿と生きぬいて、まことに正しい国の伝統をささへ、つねに俗流の滔々たる文芸文化の抹殺と、古典の軽視のなかにあって、おどろの下をゆくひとすぢの決意となって支へられて来たことをおもふのである。しかも文学によってのみ、我が皇国の真に高貴な志は支へられて来たのである。しかもこの国のいのちを支へた伝統の裁可者といふものが、つねにはかない草莽布衣の浪々の文士詩人であったことをおもふとき、我らは昭和の至難な今日に生きて、真に正しい文士としての、日本の血統の護持者としての任務とその責任とを考へねばならぬのである。かかるものこそ、いかにはかない草莽布衣の詩人にあっても、代々毅然としてもちつづけて来た詩人の誇りであったことを知るならば、我らはこの代々の先達のをしへにしたがって、今日の困難の時代をひらき、さらに捨身して乱世を正すますらをの詩情をおもって、昭和の今日の詩人の決意と誇りをあらたにせねばならないのである。しかもかかる決意といふものは、明治の精神の喪失以来、文明開化理論の横行以来、すでに遠く失ひ去った精神であったことを知り、今日我ら誇り高い皇国の詩人の任務といふものが、かかる前世紀の蛮風の克服と、封建的なものの抹殺と、植民地的なものの一掃のうへに立って、真に詩人としての誇りを感じ、その誇りに生死し捨身すべきである。かくしてこそ我らの手によって、日本の伝統は自ら永遠に守りつがれ、皇国の悲願はつねにあらたに更新せられるのであらう。

そして世上滔々として文芸文化をもって一片の用具とみなし、功利政略の機関としての宣伝の具としてのみ考へる輩にたいして、我らは真に伝統正しい皇国の詩人としての生き方を示し、文学の悠遠とその永遠につたへてかはらぬ高邁の批判精神を示さねばならぬ。かかるものこそ真に新しい日本をひらくための絶対に必要な詩人の決意であり、この立場において我らは、昭和の大御代の聖業に参じ、詩人の立場においてのみ味はひうる世上の俗流の立場とことなった、国の伝統の永遠の護持者としての、又その国の伝統にたって、永遠の使命と決意とをひらきうたふ高邁の詩情を味はひ、来るべき時代をひらく先駆として詩人の使命を味はひ、その責務のために捨身すべきである。かかる詩人の誇りとその捨身の責務といふごときものは、在来多くの我が国文明開化以降の詩人の忘却してかへりみなかったところであり、かかる俗世の詩人といふものは、かの封建の日のいびつな戯作者とことなるところなかったのである。むしろかの封建の日のいびつな戯作者においてすら、文明開化以降の日本の詩人らの失ってゐた国の伝統の真の意義は知ってゐたことをおもへば、我らは今日の頽廃をおもってやみがたいうれひを感じ、かかるいびつな日本を変革し止揚し、しかしてあたらしき日本をひらくべく、時代に捨身し先駆すべき詩人の誇りを味はふべきである。

先日我らの仲間の座談の席上で、我が国の頽廃の日に、ひとり真の日本文明のゆく手を示し、これを俗流のうちより擁護した唯一の先憂詩人萩原朔太郎先生は、在来の詩人のいびつな自然主義的な自己満足の詠嘆の態度をいましめ、真の詩人の使命が高邁な文明批評の精神にあることを語られたのであるが、之は今日の至難の日に、捨身してこの国の血統を守らんとする若いこの国の世代を負ふ詩人にとって、かぎりなく力強い言葉であった。過去においてかかる高邁の文明擁護といふごとき詩人の責務は、わづかに萩原氏のごとき詩人がなしたところであり、昨今において詩人といふことばのもつものが、在来のごときいびつな市井詠嘆のつぶやきをはなれて、高邁の血統の擁護者であり、その伝統をもってする決意の表現であり、万世に貫流する文明批評であるといふことを、身をもって示したひとは、わづかに若い日本の世代を、そのうたごころによって暗示しひらいた保田与重郎氏のごときひとが存するのみであった。我らはかかる保田氏のごとき先覚においてのみ、わづかに今日における真に伝統正しい詩人の処世のみちをおもひ、真の文明の意味を知ることによってかぎりない力強さを味はふのであるが、世上滔々たる詩心の安逸な詠嘆とそのいびつな表現をおもって、いよいよ邪悪と安易とに恐怖をあたへるべく、正道に捨身する決意をかためるのである。

今日において詩の表現といふものは、すでに技巧の限界をこえてゐることを感ずるのである。まことの詩といふものは、むしろ別のところからあらはれてくるごとくおもはれるのである。このことは歌壇においてはよりあらはに感ぜられることであるが、我らの詩人の決意といふものは、すでにその技巧の表現をこえて、捨身して慟哭されねばならないまでの窮極の日にまでもいたってゐるのである。これは我らの国の歴史が、偉大な使命に向かって成敗をかけて進んでゐる日、我らの国の詩人らのうたふ詩といふものが、まことに捨身して道を正すといったごとき悲痛の切迫にまで到ったことを示してゐるのである。このことは今日において最も至当のことであり、最も当然のことである。そして我が国の文学といふものが、今や国の歴史において、何百年に一度といふごとき非常の世態に当面してゐるのである。かかる未曾有の困難な時代の転換期のうちにあってこそ、真の人心が覚醒し、真の詩が生れるのである。

このはてしない今日の歴史の大震動のうちにあって、我が国の歴史ははじめて古の父祖の光栄の日のほこりをとりもどし、我が国の伝統に火つぎのごとく神聖に連綿する詩情は、真の姿をとりもどして、遠い大倭宮廷の詩の悲痛な慟哭のそのままを回復するであらう。私はそれを信じ、又今日の事多く難多い昭和の若者を代表し、その世代の精神を代表する若い詩人の誇りにかけて、この真の詩情を、国の運命と大君への献身の生命につらなってひらかねばならぬ。これは昭和の今日の若い詩人に課せられた絶対の使命であることを知らねばならぬ。我らは国の伝統と大君の至高とにつらなって捨身する詩心の万世に磅礴《はうはく》して不易の精神であることを考へ、民族の歴史を一貫して、その正しい伝統を言ひつぎ語りつぐ詩人の使命をほこり、又その責務をとらねばならぬ。もし昨今の多くの詩人といふものが、かかる高邁の詩情を失ってゐたとしたならば、我らは再びその志を、我等のつどひの意義としてとりかへさねばならないのである。先覚保田与重郎氏によって述べられた述志の文学とはまさしくかくの如き文学を言ふのであり、かくの如き真の連綿する詩人の志の回復を警告するものであらうことをおもひ、我らはかかる精神が多く文明開化以後喪失せられたことを感じて、今日保田氏の述志の文学の主張をありがたいことに思ふのである。我らはかかる至難の日に生くる詩人の詩情をはてしない血統の慟哭においてゐがき、それを直ちに捨身の行動において実行することによって、新しい日本の運命をひらかねばならぬ。我らの国の運命といふものに、否応なしに、我らの詩心の高邁はつらならねばならず、我ら詩人の誇り高い捨身はなされねばならぬ。それはもとより世上功利俗流の一時の教化宣伝的な意味ではない。文学の永遠の立場にたった、至高の伝統の悠遠の把持者としての遠い父祖の決意を、無限の子孫に言ひつぎ語りつぐといったごとき意義においてである。それはつねに大倭宮廷の語り部以来、つねに神聖な皇国の詩人の伝承の使命であり、民族のはてしないカオスの慟哭であった。

今日においてすでに文芸は、ひとつの終末感に来てゐるのである。かかる文芸の終末感と言ふものは、おそらく千年に一度といふ風のゆきあふ大変動期として、今日にゆきあうた偉大な世代の苦痛のうちにおいて、はてしない慟哭の悲歌をかなでるであらう。我が皇国がさらに偉大な世界国家として、高次文明国への飛躍の日において、そこにかもし出される歴史の苦悩といふものは、おそらく明治の日より以上はるかに雄大であり深刻であらうことをおもひ、そこに生くる今日の詩人の使命と決意とをおもって、久しい国の伝統をこの至難な聖代に開花さす詩人の勇気を思はねばならぬ。かかる偉大な歴史の苦悩といふものは、おそらく我が国の明治維新その他あまりにいく度もはないのである。しかも国の興廃に関し、日本の歴史の発展を根底からゆすぶるごとき歴史の抒情といふものは、かつてほとんど有せぬのである。それはわづかに遠い千余年前、若い太子の叡智の苦悩によってひらかれた草創期日本国家の飛鳥の文化に見る古代人倫の苦悩より、大化、白鳳の大御代をとほる悲痛な歴史の抒情が、常時新興の大唐文化の威圧のもとに、未曾有の慟哭を示したのである。しかもこの神典喪失期最後の詩人ともいふべき人麻呂は、最後の神人分離の悲痛を歌ったのであった。明治の偉大な日本近代国家建設の日において、アジアと日本の岸辺にうちよせる白人帝国主義に向かって示した天心の悲歌の偉大な浪曼は、おそらく大倭宮廷の人麻呂以来の慟哭であったとおもへるのである。しかも昭和の今日において、この歴史の悲痛とこの切迫といふものは、より切迫して積極的であることを思ふとき、我らの詩心はさらに国の運命につらなって慟哭されねばならないのである。それは所謂世上俗流の便乗といふごとき政策上の文芸とは別に、連綿たる草莽悲願の志として、永遠の意味において国の運命につらなり、偉大なる詩の慟哭それ自体が、国運の根本の推進力となるごとき民族の熱情に発せねばならぬ意味において、真の浪曼的な意義を有するのである。

日本の武士道の精神が、明治の精神の喪失の日、乃木大将の切腹とともに天かけった時において、その直後鷗外は『阿部一族』を書いて、日本の武士道の正義といった風のもとへの永遠性にたいして、捨身して万世に生きた封建の日のきびしい悲哀をゑがいたのである。そして漱石はあの偉大な大帝の崩御あそばされた直後、『こころ』

を書いて日本の慷慨と慟哭との最後にさりゆくかなしみをゑがき、大将の切腹とともに永遠に天駆けった古い日の日本のかなしみのきびしさをしるしたのである。詩とはまさしくかくのごときものである。その歴史の最後のときにおいて、そのものの高い文明の現実の喪失ののちにおいて、それはひとつの高貴美麗な抒情詩として、そのうつそみのほろびをこえて万世に磅礴するものである。我が国においては楠公においても、乃木将軍一家においても、一族をあげて奉公した国への献身のみが、いかなる時流をもこえて万世に不易する詩精神の高邁となり、民族の詩心の至高の倫理となり、後世永遠に民族と国への永遠の悲願となりうるのである。

まことに我が国においては、永遠の悲願といふものの不滅の存在は、その肉身の捨身においてのみ、行動の詩として又捨身の詩として、永遠に万世につたはる神秘な民族の倫理の書となるのである。しかも神となるごとき人格の形成といふものは、つねに浪曼的な国民の志向にうったへて、滅私奉公の献身を示さねばならぬごとくである。げに大伴家持の不遇な生涯をもって神代以来の名族大伴家は、悲痛のうちに終るのであるが、彼の集大成した万葉集は、万世にわたって国民詩として、日本の和歌を一貫し、つねに国と民族への決意を更新する本源の詩情となってゐるのである。詩とはまさにかかるものであらうか。

三浦義一（みうら　ぎいち）
明治三十一年、大分県に生れる。早大に学ぶ前後から短歌に親しみ、一時北原白秋の門に在った後、国事に奔命の間も作歌を廃さず、昭和二十八年「悲天」刊。同四十六年歿。

影山正治（かげやま　まさはる）
明治四十三年、愛知県に生れる。早く始めた作歌を、国学院大卒業後、囚われた獄中で再開し、大東塾を率いる活動のなかで、昭和十六年「みたみわれ」刊。同五十四年自決。

田中克己（たなか　かつみ）
明治四十四年、大阪府に生れる。大阪高校時代に保田与重郎らと炫火短歌会を興し、東京帝大入学後は「コギト」に拠り、昭和十三年に第一詩集「西康省」刊。平成四年歿。

増田　晃（ますだ　あきら）
大正四年、東京府に生れる。東京帝大の法学部に入学後、中心となって創刊した「狼煙」に詩作を発表し、昭和十六年に刊行の「白鳥」で詩壇の注目を浴びた。同十八年戦歿。

山川弘至（やまかわ　ひろし）
大正五年、岐阜県に生れる。折口信夫に師事した国学院大在学中から、詩歌、評論に頭角を現し、昭和十八年には詩集「ふるくに」他二著の刊行をみるも、同二十年戦歿。

近代浪漫派文庫 36 大東亜戦争詩文集
二〇〇六年八月十二日 第一刷発行
著者 田中克己ほか／発行者 小林忠照／発行所 株式会社新学社 〒六〇七—八五〇一 京都市山科区
東野中井ノ上町一一—三九 印刷・製本＝天理時報社／DTP＝昭英社／編集協力＝風日舎

ISBN 4-7868-0094-5

◉近代浪漫派文庫刊行のことば

文芸の変質と近年の文芸書出版の不振は、出版界のみならず、多くの人たちの夙に認めるところであろう。そうした状況にもかかわらず、先に『保田與重郎文庫』(全三十二冊)を送り出した小社は、日本の文芸に敬意と愛情を懐き、その系譜を信じる確かな読書人の存在を確認することができた。

その結果に励まされて、専ら時代に追従し、徒らに新奇を追うごとき文芸ジャーナリズムから一歩距離をおいた新しい文芸書シリーズの刊行を小社は思い立った。即ち、狭義の文学史や文壇に捉われることなく、浪漫的心性に富んだ近代の文学者・芸術家を選んで四十二冊とし、小説、詩歌、エッセイなど、それぞれの作家精神を窺うにたる作品を文庫本という小宇宙に収めるものである。

以って近代日本が生んだ文芸精神の一系譜を伝え得る、類例のない出版活動と信じる。

新学社

新学社近代浪漫派文庫（全42冊）

❶維新草莽詩文集
❷富岡鉄斎／大田垣蓮月
③西郷隆盛／乃木希典
④内村鑑三／岡倉天心
⑤徳富蘇峰／黒岩涙香
⑥幸田露伴
7 正岡子規／高浜虚子
⑧北村透谷／高山樗牛
⑨宮崎滔天
⑩樋口一葉／一宮操子
⑪島崎藤村
⓬土井晩翠／上田敏
⑬与謝野鉄幹／与謝野晶子
⑭登張竹風／生田長江
⓯蒲原有明／薄田泣菫
⑯柳田国男
⑰伊藤左千夫／佐佐木信綱
⓲山田孝雄／新村出
⑲島木赤彦／斎藤茂吉
⑳北原白秋／吉井勇
㉑萩原朔太郎
㉒前田普羅／原石鼎
㉓大手拓次／佐藤惣之助
㉔折口信夫
㉕宮沢賢治／早川孝太郎
㉖岡本かの子／上村松園
㉗佐藤春夫
㉘河井寛次郎／棟方志功
㉙大木惇夫／蔵原伸二郎
㉚中河与一／横光利一
㉛尾崎士郎／中谷孝雄
㉜川端康成
㉝「日本浪曼派」集
㉞立原道造／津村信夫
㉟蓮田善明／伊東静雄
㊱大東亜戦争詩文集
㊲岡潔／胡蘭成
㊳小林秀雄
㊴前川佐美雄／清水比庵
㊵太宰治／檀一雄
㊶今東光／五味康祐
㊷三島由紀夫

※白マルは既刊、四角は次回配本